www.tredition.de

AF202954

www.tredition.de

© 2016 Peter R. Lehman

Verlag: tredition GmbH, Hamburg

ISBN
Paperback: 978-3-7345-1505-7
Hardcover: 978-3-7345-1815-7
e-Book: 978-3-7345-1506-4

Printed in Germany

Peter R. Lehman

Ein paar Tränen werde ich weinen um dich

PROLOG

Seit die hübsche Julie als Kindermädchen bei dem kleinen Sohn Gilbert des Bankiers Gérald Baron de Gravelines arbeitet, entwickeln sich die Dinge entschieden anders, als Julie dachte. Sie wollte den Job nur aus einem einzigen Grund: Gérald hat vor einigen Jahren ihre Schwester Catherine verführt und sie dann wegen Gilberts Mutter, der spanischen Opernsängerin Maxima, schmählich im Stich gelassen. Jetzt will Julie ihre Schwester rächen! Aber als sie Gérald näher kennen lernt, muss sie feststellen, dass er nicht nur ungemein attraktiv, charmant und aufmerksam ist, sondern ausgesprochen liebevoll mit dem kleinen Gilbert umgeht. Und wo die Mutter des Kindes ist, ist Julie auch ein Rätsel. Trotzdem, sie ignoriert ihre Gefühle für Gérald, die täglich stärker werden. Sie will ihn verführen, um ihn dann sitzen zu lassen. Leiden soll er, wie damals Catherine...

1. KAPITEL

Juliette de Rougepeyre hatte Angst, in diesem Moment einen fürchterlichen Fehler zu begehen. Als das Taxi schließlich langsam auf Nizzas Prachtboulevard Victor Hugo fuhr, war sie überzeugt davon, sich völlig falsch zu verhalten.

Und es wäre so einfach, alles rückgängig zu machen. Ihre Partnerin, Christine Delon, müsste nur bei Baron de Gravelines anrufen, sich entschuldigen und erklären, dass Madame Rougepeyre leider nicht in der Lage sei, zum Vorstellungsgespräch zu erscheinen. Und dass sie sich selbstverständlich bemühen werde, ein anderes qualifiziertes Kindermädchen für seinen kleinen Sohn zu finden.

Aber das kommt gar nicht in Frage! ermahnte sich Juliette, die von ihren Freunden nur *Julie* genannt wurde. Ich werde nicht im letzten Moment einen Rückzieher machen und damit Christine Recht geben. Das liegt einfach nicht in meiner Natur.

Christine hatte aufgeregt gesagt: „Julie, bist du verrückt geworden? Das kannst du doch nicht tun! Du bist doch überhaupt nicht ausgebildet und weißt *rein gar nichts* über Kindererziehung! Das ist viel eher mein Spezialgebiet. Denk doch an den guten Ruf unserer Agentur!"

Zum ersten Mal hatte Julie ihre Partnerin deutlich darauf hingewiesen, wer eigentlich den Ruf der Agentur aufgebaut hatte. Außerdem hatte sie hinzugefügt: „Ich habe mich die ganzen Jahre nur um die Verwaltung gekümmert, und jetzt möchte ich auch mal ein paar praktische Erfahrungen sammeln. Lass mir doch die Freude, Christine!" Sie hatte ihre Kollegin und Freundin fröhlich und selbstbewusst angestrahlt. „Es kann doch nicht so schwer sein, sich um ein Kind zu kümmern", antwortete sie selbstsicher. „Millionen von Frauen können das tun, und wenn ich dabei in Schwierigkeiten geraten sollte, werde ich mich schon melden. Ich habe mir auch ein Bein für die *Agence du Soleil* ausgerissen. Ich würde nie etwas tun, um unserem guten Ruf zu schaden."

Der Teil über die praktischen Erfahrungen war eine glatte Lüge gewesen. Julie suchte nur eine gut klingende Entschuldigung für ihren verrückten, spontanen Entschluss, der absolut nicht zu ihrer rationalen Persönlichkeit passte.

Aber ist es eigentlich verrückt, sich rächen zu wollen?

Sie hatte in ihrem eigenen Büro gesessen, als ihre Sekretärin Yvette vor einigen Tagen Baron de Gravelines in Christines Büro geführt hatte. Julie war sofort bewusst gewesen, *wer* dort in ihrer Agentur aufgetaucht war, obwohl sie ihm noch nie begegnet war.

Vor einiger Zeit war sein Photo in allen Zeitungen gewesen. Gutaussehend, mit einem zärtlichen Lächeln für die reizende junge Braut in seinem Arm, hatte er sich vor einer kleinen Kirche ablichten lassen. Und von Angesicht zu Angesicht sah er mindestens genauso gut aus.

„Warum ist er hier?" fragte Julie und bemühte sich um einen sachlichen, professionellen Tonfall.

„Ein Wahnsinnstyp, oder?" Yvette strich sich den Rock über ihren Hüften glatt. „Er hat heute früh angerufen, bevor du im Büro warst. Anscheinend sind die Gravelines vor ein paar Tagen aus dem Ausland gekommen und brauchen für kurze Zeit ein Kindermädchen, bis sie ein neues Haus in der Provence gefunden haben. Die Glückliche, ich beneide sie jetzt schon um ihre Arbeit! Ich frage mich, wie seine Frau wohl ist?"

Genau zu diesem Zeitpunkt war Julie klar, was sie zu tun hatte. Sie hätte ihrer Sekretärin genau sagen können, wer seine Frau war und wie atemberaubend sie aussah. Aber dann hätte sie auch ihre Wut und ihren Ärger nicht zurückhalten können, und so sagte sie lieber nichts.

Das Taxi hielt jetzt vor dem Hotel, in dem die Familie Gravelines wohnte, und Julie ging beim Aussteigen schnell im Kopf noch ein paar wichtige Dinge durch, auf die sie beim bevorstehenden Vorstellungsgespräch unbedingt achten wollte.

Ein gutes Kindermädchen ist souverän im Auftreten und sollte um ein gediegenes Aussehen bemüht sein. Nun ja, was diesen Punkt betraf, habe ich mir wirklich viel Mühe gegeben.

Die obligatorische Uniform für Kindermädchen der *Agence du Soleil* bestand aus einem blauen Leinenkostüm und einem weißen Baumwollhemd darunter. Dazu trug Julie flache Schuhe und hatte ihre halblangen dunkelblonden Haare unter einem altmodischen Hut versteckt.

Vielleicht sollte ich mein Anliegen lieber sofort hervorbringen, bevor man mich durchschaut und hinauswerfen lässt. Aber ich hätte gern mehr Zeit, um einen geeigneten Rachefeldzug zu planen. Und dafür muss ich diese Stelle bekommen!

Nachdem sie den Taxifahrer bezahlt hatte, streckte sie sich und betrat entschlossen das Hotel. Sie hätte von Gérald Baron de Gravelines, dem jung aufgestiegenen Bankier, Präsident eines renommierten, Pariser Bankhauses, erwartet, dass er sich eine kultivierte, moderne Bleibe für seinen Aufenthalt in Nizza aussuchen würde. Aber vielleicht hat ja seine Frau auf einen Ort wie diesem bestanden! Das Hotel machte auf Julie einen sehr gemütlichen, aber auch recht altmodischen Eindruck.

Sie zuckte die Achseln. Das ist nicht wichtig, dachte sie und spürte, dass sie immer aufgeregter wurde. Viel wichtiger ist, dass ich meine Panik unter Kontrolle halte.

Bisher hatte sie alles in ihrem Leben immer bis ins kleinste Detail geplant. Und die unerträgliche Aufregung, die sie seit ihrem spontanen Entschluss permanent verspürte, war ihr völlig fremd.

Wenn wirklich alles hart auf hart kommt und ich sofort wieder hinausgeschickt werde, bitte ich ihn einfach um ein Gespräch unter vier Augen, nahm sie sich fest vor. Ich werde mein Anliegen bestimmt nicht in Gegenwart seiner Frau vorbringen. Maxima de Gravelines ist ja auch nicht die Schuldige!

Mit steifen Schritten näherte sie sich der Rezeption. Es wird schon werden, ermutigte sie sich selbst. Diese Gelegenheit ist Schicksalsfügung, es kann doch gar nichts mehr schief gehen!

Die Einrichtung des Wohnzimmers, in das sie von einem Hotelpagen geführt wurde, hatte den gleichen attraktiven Charme wie ein altes südfranzösisches Landhaus.

„Nehmen sie doch bitte Platz! Baron de Gravelines lässt sich entschuldigen, er wird in ein paar Minuten bei Ihnen sein", sagte der Page und verschwand nach einer leichten Verbeugung aus der Suite.

Doch schon ein paar Sekunden später betrat der Baron den Raum. Julie hatte gerade erst zwei in Gold gerahmte Photos seiner Frau bemerkt, die eine berühmte spanische Opernsängerin war. Das heißt, ihr kleiner Höhenflug war abrupt durch die Hochzeit und ihre Schwangerschaft beendet worden.

Julie erschrak bei seinem plötzlichen Eintreten und hatte große Mühe, ihr Herzklopfen wieder unter Kontrolle zu bringen. Seine

Gestalt war beeindruckend männlich, und sein zerwühltes schwarzes Haar ließ ihn einige Jahre jünger als sechsunddreißig aussehen. Die Vorderseite seines weißen Hemdes, das er zu einer engen weinroten Hose trug, war völlig durchnässt, und die Ärmel hatte er bis zu den Ellenbogen hochgekrempelt. Fasziniert betrachtete sie seine festen, gebräunten Unterarme und die wunderschönen, kräftigen Hände, die vorsichtig das Baby festhielten.

„Bitte entschuldigen Sie die Verspätung, Mademoiselle de Rougepeyre. Gilbert hat leider mehr Essen von sich gegeben, als er zu sich genommen hat. Stimmt doch, mein Großer?" sagte er scherzhaft zu dem Kind auf seinem Arm. „Da haben wir beide beschlossen, dass er nach einem Bad wesentlich präsentabler aussehen würde, obwohl man dasselbe von mir nicht gerade behaupten kann. Möchten Sie sich setzen?"

Er sah sie mit klaren dunklen Augen fragend und auch ein wenig misstrauisch an. Julie gefiel das nicht besonders, denn dieser Ausdruck und die liebevolle Art, wie er mit dem Baby umging, ließen ihn sehr sympathisch wirken.

Doch im gleichen Augenblick erinnerte sie sich wieder, was er ihrer jüngeren Schwester Catherine angetan hatte, und sie setzte sich mit ausdrucksloser Miene hin.

Im Laufe des Gesprächs merkte Julie, dass er sich viel mehr für ihre Person als für ihre Referenzen interessierte. Und sie gefiel sich in der Rolle einer kinderlieben Hausmutter. Aber die Bewegungen seiner schön gezeichneten Lippen brachten sie ein wenig durcheinander. Reiß dich gefälligst zusammen, ermahnte sie sich streng. Was glaubst du eigentlich, was du hier machst?

Julie wunderte sich, warum Gérald de Gravelines Frau nicht an dem Vorstellungsgespräch teilnahm. Wahrscheinlich ist sie wieder in Spanien und nimmt dort eine Platte auf - oder was Stars eben so tun, um wieder ins Geschäft zu kommen. Nach ihrer Hochzeit hatte man nichts mehr von ihr gehört. Zweifellos arbeitet sie jetzt daran, ihre Karriere wieder auf einen grünen Zweig zu bringen. Daher brauchen sie auch ein Kindermädchen, überlegte Julie. Und wenn er mir die Stelle gibt, habe ich mehr als genug Zeit, mir eine geeignete Strafe für ihn auszudenken.

„Natürlich, wenn Ihnen die Arbeit gefällt und wenn sie sich mit Gilbert gut verstehen und nichts dagegen haben, auf dem Land zu leben, könnte die Anstellung für länger sein", sagte Baron de Gravelines gerade.

Julie schüttelte entschieden den Kopf und warf ihm einen entschuldigenden Blick zu. Auf keinen, aber auch gar keinen Fall! Schoß es ihr durch den Kopf. Ich bin doch kein Kindermädchen, ich habe mich seit jeher nur um den geschäftlichen Teil der Agentur gekümmert. Wenn ich mit diesem Kerl fertig bin, verschwinde ich schneller, als er gucken kann!

„Es tut mir leid, aber ich übernehme nur zeitlich begrenzte Aufträge, Baron de Gravelines", sagte sie ernst und brachte dann ein kleines Lächeln zustande. „Ich gewöhne mich einfach zu sehr an meine Pflegekinder, wenn ich sie länger als ein paar Monate um mich habe. Es ist meistens für alle Beteiligten einfacher, wenn ich nur befristet arbeite."

Gérald schien ihr das nicht zu glauben. Er hatte sich entspannt zurückgelehnt und das Baby auf seine Knie gesetzt, aber sein Blick hatte sich bei ihrer Ausrede deutlich verhärtet. Es schien, als wüsste er, dass sie ihm eine Lüge nach der anderen erzählte.

Ihr wurde plötzlich übel, und sie war kurz davor, die ganze Situation aufzuklären, als er unerwartet das Gespräch umlenkte.

„Warum lernen Sie und Gilbert sich nicht erst einmal kennen?" Vorsichtig hob er den kleinen Jungen hoch und stellte ihn auf seine nackten rosa Füße. Julie atmete erleichtert aus und entspannte ihre verkrampften Schultern. Um ein Haar hätte ich ihm gesagt, was ich von ihm halte. Ich muss mich wirklich besser zusammenreißen!

„Ja, warum nicht?" erwiderte sie freundlich und lächelte das Kind an. Der Kleine trug eine marineblaue winzige Baumwollhose und dazu ein weißes T-Shirt und sah darin wirklich entzückend aus. Julie ließ ihren Blick kurz zu den in Gold gerahmten Photos und dann zurück auf das Baby schweifen.

Selbst in diesem zarten Alter war die Ähnlichkeit schon verblüffend. Das gleiche feine dunkle Haar und die markanten Gesichtszüge mit den riesigen blauen Augen. Eine ungewöhnliche Kombination, die überhaupt keine Ähnlichkeit mit seinem Vater aufwies. Julie musste unwillkürlich lächeln, als sie zwei winzige Grübchen sah, die sich auf den kleinen roten

Wangen bildeten. Sie fragte sich, was jetzt noch zum *Kennenlernen* dazugehörte. Können vierzehn Monate alte Babys laufen? Können sie sprechen? Ich habe wirklich keine Ahnung!

Gérald de Gravelines sah sie nachdenklich an, als ob er genau wüsste, was in ihrem Kopf vorging. Sie wandte sich schnell ab und spürte, wie ihr die Röte ins Gesicht schoss. Ich werde noch jeden Moment alles auffliegen lassen, dachte sie panisch.

Glücklicherweise löste Gilbert das ganze Problem. Er befreite sich von den stützenden Händen seines Vaters und tapste auf unsicheren Beinen vorsichtig über den Teppich zu Julie. Diese lehnte sich vor und fing das Baby rechtzeitig auf, bevor er nach vorn fallen konnte. Dann setzte sie ihn auf ihre Knie und sagte, um ihr unsicheres Gefühl zu überspielen: „Der Kleine läuft schon sehr gut für sein Alter." Hoffentlich war das jetzt nicht völlig unprofessionell und dumm.

Gérald de Gravelines antwortete ihr nicht, sondern sah sie nur ausdruckslos an. Julie setzte sich aufrecht hin und zog das Baby unwillkürlich dichter zu sich heran. Der warme, kleine Körper des Kindes wirkte wie ein beruhigender Schutzschild gegen die durchdringenden, fast feindseligen Blicke seines Vaters.

„Da ist noch eine Sache", begann Gérald und stemmte sich aus seinem Sessel hoch. Dann durchquerte er mit lässigen Schritten den Raum und lehnte sich gegen den Rahmen des riesigen Wohnzimmerfensters. „Ich würde darauf bestehen, dass Gilberts Kindermädchen zivile Kleidung trägt. Etwas Hübsches, Feminines ..." Er machte eine ungeduldige Handbewegung. „Sie wissen schon, was ich meine! Für ein kleines Kind kann so eine steife Uniform ziemlich abstoßend wirken."

Für einen erwachsenen Mann auch, dachte Julie zynisch. Ein Mann, der sogar einen so leichtgläubigen Menschen wie meine kleine Schwester verführt, obwohl er gleichzeitig eine andere Frau geschwängert hat. So jemand legt bestimmt gesteigerten Wert auf ein ansprechendes Äußeres bei den Frauen, die ihn umgeben!

Sie riss sich zusammen und versuchte, ruhig zu bleiben. Ich habe Zeit, dachte sie finster. Ich werde mir schon etwas Geeignetes einfallen lassen, um ihm heimzuzahlen, was er der armen Catherine angetan hat.

„Jetzt hast du es geschafft!" sagte Christine Delon aufgebracht.

Vor vier Jahren war sie vollkommen begeistert gewesen, die damals fünfundzwanzig Jahre alte Julie als ihre Geschäftspartnerin aufzunehmen. Ihre Agentur war in der letzten Zeit recht erfolglos gewesen, und sie brauchte dringend Julies Kapital und neue Ideen.

Außerdem ging Christine davon aus, dass ihre neue, junge Kollegin ihrer Mutter sehr ähnlich sein würde. Sie war früher mit Liliane de Rougepeyre zur Schule gegangen und erinnerte sich an sie als eine liebenswerte, ruhige Person.

Aber Julie, die ältere von Lilianes Töchtern, war charakterlich das komplette Gegenteil ihrer Mutter. Sie war eine intelligente, entschlussfreudige Frau, die gerade ihr Betriebswirtschaftsstudium abgeschlossen hatte.

Innerhalb der ersten vier Monate krempelte sie die gesamte Agentur um und änderte den alten Namen von *Garde d'enfant* in *Agence du Soleil*. Damit baute sie in kürzester Zeit einen Kundenstamm von wohlhabenden, französischen und ausländischen Aristokratenfamilien und Neureichen auf, bei denen ein erstklassiges Kindermädchen zum guten Ton gehörte.

Und ihre Zusammenarbeit hatte gut funktioniert. Christines Erfahrung und ihre Fähigkeit, den Erwartungen ihrer Klienten gerecht zu werden, und Julies Sinn für das Geschäftliche waren ein Erfolgsrezept.

Sie führten jetzt nur noch qualifizierte, professionell ausgebildete Kindermädchen in ihrer Kartei. Demzufolge wandten sich nur noch Klienten an die Agentur, die sich auch den allerbesten Service leisten konnten.

Im Grunde hatte Christine zu diesem Erfolg gar nicht so viel beigetragen. Und manchmal war sie sogar von Julies Hingabe zur Arbeit und ihrem kühlen Geschäftssinn schlichtweg überfordert.

Aber nun schien sie regelrecht außer sich zu sein.

„Baron de Gravelines hat gerade eben hier angerufen. Du bist engagiert", fügte sie hinzu und beobachtete, wie Julies Gesicht schlagartig blass wurde. „Für zwölf Wochen. Du fängst morgen an. Also, ich weiß nicht, ob mein Blutdruck das aushält!"

Julie tastete hinter sich nach ihrem Bürostuhl und ließ sich erschöpft darauf nieder. Ich sollte mir selbst auf die Schulter klopfen, dass ich es geschafft habe, aber warum ist mir nur so übel?

„Er hat nach deinen Referenzen gefragt, aber ich konnte ihn in diesem Punkt glücklicherweise erst einmal abwürgen! Übrigens,

ich gebe dir eine Woche, bevor du mich um Ersatz anflehst."
Christine lehnte sich gegen den Schreibtisch und verschränkte die
Arme vor der Brust. „Ich werde die Akten durchsehen und
jemanden finden, der wenigstens zur Schadensbegrenzung für
dich einspringen kann."

Eigentlich hätte ich diesem Kerl schon gründlich meine Meinung
sagen können! dachte Julie. Aber das kommt ja in Gegenwart
seines niedlichen kleinen Sohnes gar nicht in Frage. Ich sollte
mich freuen. So habe ich wenigstens jetzt die Gelegenheit, mir
einen geeigneten Racheplan auszudenken.

„Ich bin nicht der Typ, der einen Rückzieher macht. Das weißt
du genau! Und ich werde schon keinen Schaden anrichten." Dann
schenkte sie Christine ein warmes Lächeln. Julie hatte sich jetzt
wieder voll im Griff und war sich sicher, dass sie mit der
Situation gut zurechtkommen würde.

Der gute Ruf der Agentur wird mit Sicherheit keinen Schaden
nehmen, weil dieser Versager niemals ein Wort über die ganze
peinliche Situation verlieren wird! Aber Julie konnte die Sorgen
ihrer Kollegin sehr gut verstehen. Christine war früh Witwe
geworden, hatte keine Kinder, und die Agentur war ihr Leben.

„Mach dir keine Gedanken!" fügte sie beruhigend hinzu.

„Nein, warum sollte ich auch?" entgegnete Christine trocken.

„Aber mal ernsthaft! Denk daran, dass die Position eines Kindermädchens recht bescheiden ist. Du, Julie, warst es immer gewohnt der Boss zu sein. Aber in den nächsten Wochen wirst du das tun müssen, was man dir sagt, und praktisch deine ganze Zeit einem fremden Kind widmen. Ich hoffe nur für uns beide, dass du damit auch klarkommst. Und noch etwas, ich hätte für Baron de Gravelines in jedem Fall jemanden ausgesucht, der weniger jung und hübsch ist!"

„Sei nicht albern, Christine!" Julie holte einen Bogen Papier aus der Schreibtischschublade und machte Notizen von einigen Dingen, die Yvette während ihrer Abwesenheit erledigen sollte.

Christine gab einen verächtlichen Laut von sich. „Stell dich nicht so dumm, Julie! Der Baron ist ein unglaublich Gutaussehender Mann und noch dazu vermögend. Man lebt unter demselben Dach, eine wunderschöne junge Frau, die ihm Untergeben ist, um ..."

„Ich habe schon verstanden", unterbrach Julie eisig. Ich verstehe ganz genau! Selbst Christine weiß instinktiv, dass Gérald de

Gravelines ein Weiberheld ist, dem seine eigene Ehe völlig egal zu sein scheint.

Gérald legte Gilbert für seinen Mittagsschlaf ins Bett und sah ihn liebevoll an. „Morgen kommt ein Kindermädchen, mit dem du spielen kannst, mein Schatz", flüsterte er sanft, allerdings mehr zu sich als zu dem Kind. „Das wird dir bestimmt großen Spaß machen!"

Leise verließ er den Raum und ging in das gemütliche Wohnzimmer hinüber. Er wollte unbedingt herausfinden, warum Julie de Rougepeyre sich entschlossen hatte, für ihre eigene Agentur als Kindermädchen zu arbeiten.

Einen Moment lang hatte er sie einfach fragen wollen, aber nachdem sie vom Stricken und Backen geschwärmt hatte, war ihm völlig klar, dass er ohnehin keine ehrliche Antwort zu erwarten hatte.

Sie ging anscheinend davon aus, dass er nicht wusste, wer sie war. Aber ihre Großmutter Patricia de Rougepeyre, hatte ihm immer wieder von der Intelligenz, dem kühnen Verstand und der Entschlossenheit ihrer Lieblingsenkelin erzählt. Sie hatte ihm sogar alte Fotoalben gezeigt, als er sie einmal geschäftlich in ihrem alten, abgelegenen Herrenhaus im Luberon besucht hatte.

„Julie, ist die einzige, die es wert ist, den Namen de Rougepeyre zu tragen", hatte die alte, äußerst eigenwillige Dame gesagt. „Ihre Mutter ist ein weinerlicher Dummkopf, und ihre jüngere Schwester ist auch so ein feiges, verweichlichtes Wesen!"

Er war dazu überredet worden, an Patricias Geburtstagsfeier teilzunehmen, die zufällig am gleichen Tag stattfand. Sie war einen Tag zuvor fünfundsiebzig Jahre alt geworden. Patricia de Rougepeyres Schwiegertochter und ihre jüngste Enkelin hatten ihm Leid getan. Es war furchtbar mit anzusehen, wie sie unter der Fuchtel dieser alten kauzigen Dame standen, die auch gleichzeitig mit eiserner Hand über dem Familienreichtum verfügte. Und dann immer noch verglichen zu werden mit der stets perfekten Julie. Er war froh gewesen, dass die Superenkelin damals wegen einer Bronchitis nicht aufgetaucht war.

Aber auch Patricia selbst tat ihm außerordentlich leid. Sie war die reiche Tochter eines Politikers und hatte damals den ebenso wohlhabenden Armand de Rougepeyre geheiratet und einen Sohn bekommen. Sie war am Boden zerstört gewesen, als ihr Sohn vor fünfzehn Jahren bei einem Anschlag im Libanon getötet wurde.

Der Tod ihres Ehemanns Armand ein paar Wochen später war ein weiterer schwerer Schicksalsschlag gewesen. Aber sie hatte sich erholt und kontrollierte nun erbarmungslos den Rest ihrer Familie. Dabei hatte sie jahrelang den Rat von Gérald de Gravelines Vater gesucht, der früher Präsident seines eigenen Bankhauses war, bei der auch ihre Treuhandfonds verwaltet wurden. Seit dem Tod seines Vaters hatte Gérald de Gravelines selbst den Platz als Patricias finanzieller Berater eingenommen, um das Band der Freundschaft weiterzuführen, das seinem Vater mit Armand de Rougepeyre lange Jahre verbunden hatte. Es war keine sehr unangenehme Aufgabe, denn seine Besuche bei der alten Dame waren eher selten.

Er hatte auch die Fondsanteile überwiesen, um Julies Teil der Agentur aufzukaufen, und Patricia schwärmte seitdem ständig davon, wie gut das Geschäft laufen würde. Offensichtlich hatte sich das geändert, oder warum sollte Julie sonst als Kindermädchen einspringen, obwohl sie vom Tuten und Blasen keine Ahnung hatte.

Er hob einen Stapel bunter Immobilienprospekte auf und lächelte. In spätestens vier Monaten wollte er sich endgültig in der Provence niederlassen und ein Haus finden, in dem Gilbert eine glückliche, unbeschwerte Kindheit verbringen konnte.

Und mit der kühlen, überlegenen Geschäftsfrau Juliette würde er sicher nicht in die gleiche verzwickte Situation kommen, in die er mit Catherine de Rougepeyre gerutscht war. *Sie* würde ihm keine unnötigen Schwierigkeiten machen. Jedenfalls nicht die gleichen wie ihre naive Schwester!

2. KAPITEL

Keine fünfzehn Minuten nachdem Julie ihren neuen Job angetreten hatte, kochte sie vor Wut. Dieser widerliche Kerl! Schnell hob sie das Baby auf ihre Arme und drückte den kleinen, warmen Kopf behutsam gegen ihren Hals. Ich werde alles tun, um zu verhindern, dass dieses unschuldige, hilflose kleine Wesen mit ansehen muss, wie sein eigener Vater sich an eine fremde Frau heranmacht!

Als sie an jenem Morgen um neun Uhr in der Suite erschienen war, hatte Gérald ihr ihre Unterkunft gezeigt. Ein großes, Lichtdurchflutetes Schlafzimmer, in dem auch ein Kinderbett stand, und anschließend ein luxuriöses Badezimmer mit einer zusätzlichen Babywanne. Dazu hatte sie ein angrenzendes kleines Wohnzimmer mit gemütlichen Sesseln, einem Fernseher mitsamt modernster Musikanlage und einem Schreibtisch. Nachdem Julie sich eingerichtet hatte, kümmerte sie sich um Gilbert.

Gérald hatte gerade Besuch von einer wunderschönen, sehr gepflegten Frau bekommen. Allerdings war diese nicht seine Ehefrau! Sie hatte kurze brünette Haare und trug ein dunkelbraunes Leinenkleid, das ziemlich hoch geschlitzt war.

Als sie seine Suite betreten hatte, legte Gérald einen Arm um ihre Wespentaille, zog sie an sich und gab ihr einen stürmischen Kuss auf ihren purpurnen, einladenden Mund. Dann gingen die beiden Arm in Arm durch das Zimmer zur Sitzecke.

Julie war entschlossen, ihre Autorität als Kindermädchen zu nutzen, um derartige Vorgänge vor Gilberts Augen zu verhindern. An Maxima will ich erst gar nicht denken, überlegte sie wütend. Seine Ehe geht mich wirklich nichts an, aber für das Kind trage ich eine wichtige Verantwortung!

Als Gérald bemerkte, dass Julie mit dem Baby im Arm auf der Türschwelle stand, lächelte er breit. „Sie beide geben ein hübsches Paar ab!" Seine Besucherin hob eine perfekt gezeichnete Augenbraue und ließ ihren Blick aus kalten dunklen, fast schwarzen Augen abschätzend über Julies Kleid gleiten.

„Also, hast du eine geeignete Aufpasserin gefunden", bemerkte die Frau offenkundig gelangweilt und drehte sich dann mit übertrieben strahlender Miene zu ihm um. „Wo Madame de Gravelines im Moment nicht da ist, warst du wirklich die ganze Zeit viel zu sehr angespannt. Jetzt kannst du endlich mal wieder anfangen, zu leben und Spaß zu haben."

„Das ist Véronique", stellte Gérald vor. „Meine Privatsekretärin aus meinem Pariser Büro." Vielleicht weil er Julies missbilligenden Blick bemerkt hatte, trat er nun einen Schritt zur Seite und nahm seinen Arm von Véroniques Taille. „Ich habe mir ein paar Wochen freigenommen, um mich nach einem geeigneten Haus auf dem Land umzuschauen. Aber trotzdem möchte ich noch wissen, wie die Geschäfte laufen."

Julie stellten sich die Nackenhaare hoch, als Véronique sich wieder etwas näher an Gérald herandrängte und ihn aufreizend anlächelte. „Hast du die Unterlagen von den Maklern schon bekommen? Ich hatte extra betont, dass du die sofort benötigen würdest." Und ohne eine Antwort abzuwarten, fügte sie hinzu. „Vielleicht kann uns dein neues Kindermädchen einen Kaffee machen. Dann könnten wir jetzt alle Einzelheiten besprechen."

„Das ist der Job einer Sekretärin, nicht der eines Kindermädchens!" entgegnete Julie steif, drehte sich um und schloss die Tür hinter sich. Offensichtlich ist ihm der Frauentyp egal, an den er sich heranmacht! Diese Véronique scheint ja nur allzu gern bereit zu sein, sich ihm zu widmen, während seine Ehefrau nicht da ist. Aber Catherine ist ganz anders als dieser Vamp! Sie war am Boden zerstört gewesen, nachdem Gérald Baron de Gravelines, sie verführt, ihr den Himmel auf Erden versprochen und dann plötzlich eine andere Frau geheiratet hatte, die auch noch sein Kind erwartete.

Und er hat Maxima bestimmt nicht aus Liebe geheiratet, sonst hätte er nicht so kurz vor der Hochzeit mit Catherine geschlafen! Offensichtlich ist es ihm unmöglich, nur einer Frau treu zu bleiben. Und da seine Geliebte ein Kind erwartete, musste er sie heiraten. Obwohl er bestimmt nichts dagegen hatte, denn auch wenn ich es nicht gern zugebe, scheint er seinen kleinen Sohn doch über alles zu lieben.

Sie stellte das Baby vorsichtig auf seine kleinen Füße. „Komm, jetzt, Mäuschen! Es wird Zeit, dass wir dich anziehen." Als sie Gilberts strahlendes Gesicht betrachtete, spürte sie einen starken Beschützerinstinkt in sich aufsteigen. Armer kleiner Kerl! dachte Julie traurig. Mit einem Vater wie Gérald de Gravelines muss man dich einfach bemitleiden. Denn wenn deine Mutter nicht erstaunlich nachsichtig ist, wirst du ein weiterer Fall in der Statistik kaputter Familien sein.

„Der Zimmerservice wird in zehn Minuten das Essen bringen", sagte Gérald. Julie starrte ihn angewidert an. Véronique war vor einiger Zeit gegangen, und Gérald beobachtete jetzt schon seit einer Weile interessiert, wie sie mit seinem kleinen Sohn spielte und umging.

„Zehn Minuten", wiederholte er und hob Gilbert schließlich vom Wickeltisch auf den Arm. Dann entfernte er schmunzelnd den hautfarbenen Spitzen-BH, den das Kind fest mit seinen kleinen Fingern umklammert hielt. Er ließ ihn auf das Bett fallen, warf Julie einen amüsierten Blick zu und verschwand dann mit den Worten: „Ganz der Papa", aus dem Zimmer.

Dieser abscheuliche Kerl will wirklich mit mir flirten, dachte sie fassungslos. Die Art, wie er mich ansieht, ist mehr als eindeutig.

Sie hatte das Gefühl, an ihrem eigenen Herzschlag zu ersticken. Sein Sex-Appeal ist ehrfurchteinflößend, und das weiß er ganz genau! dachte sie ungehalten.

Sie machte aus ihren Haaren, die das Baby vollkommen zerwühlt hatte, wieder eine Frisur und erschrak plötzlich, als sie im Spiegel ihren eigenen Gesichtsausdruck sah. Ihre Augen strahlten, und ihre Lippen schienen erwartungsvoll geöffnet zu sein. Auf was wartest du denn? schimpfte sie mit sich selbst und versuchte, jeden erotischen Gedanken zu verdrängen.

Wenn sogar *ich* auf seine Technik anschlage, wo ich nun wirklich ein äußerst rationaler Typ bin, was hat dann die naive Catherine für eine Chance gehabt? dachte sie wütend.

Julie hatte ganz und gar keine Lust, mit ihm zusammen Mittag zu essen. Aber glücklicherweise galt während des Essens seine Aufmerksamkeit fast ausschließlich seinem Sohn und der schwierigen Aufgabe ihn zu füttern. Julie fühlte sich sogar ziemlich überflüssig und sagte daher: „Ich werde Gilbert heute Nachmittag zu einem Spaziergang in den Park mitnehmen."

Dann kann ich hier wenigstens mal für ein oder zwei Stunden verschwinden, fügte sie in Gedanken grimmig hinzu.

„Gilbert hält nachmittags aber sein Mittagsschläfchen."

Für Julie klang diese Bemerkung fast schon etwas missbilligend, als wäre der Spaziergang eine völlig deplazierte Idee gewesen.

„Natürlich tut er das", antwortete sie ruhig und gelassen. „Ich habe nur gedacht, dass es gut für den Kleinen wäre, im Kinderwagen an der frischen Luft zu schlafen."

„In Ordnung, dann gehen wir zusammen", entgegnete er entschlossen und lächelte sie ausdruckslos an.

Julie spürte, wie sich ihr der Magen umdrehte. Wie soll ich ihm bloß klarmachen, dass ich auch mal allein sein möchte? dachte sie verzweifelt. Bis jetzt hatte ich noch keinen Moment Ruhe, um mir einen geeigneten Racheplan auszudenken.

„Das wird nicht nötig sein, Baron de Gravelines", sagte sie verbindlich, aber er sah nur hoch und starrte sie ausdruckslos an.

„Mein Name ist Gérald, und wir können uns ruhig duzen. Außerdem entscheide *ich*, was nötig ist."

Das hat gesessen! dachte sie erschrocken und schluckte. Dann versuchte sie, in einem vernünftigen Ton Weiterzusprechen.

„Sie ... du hast mich eingestellt, um auf das Baby aufzupassen, Gérald. Wahrscheinlich damit du Zeit hast, dich um andere Dinge zu kümmern." Hat die verführerische Véronique nicht vorgeschlagen, er sollte mal wieder anfangen, zu leben und Spaß zu haben? Warum fängt er dann nicht einfach damit an?

„Wenn du meine Fähigkeiten als Kindermädchen in Frage stellen willst ... dann bleibt mir nichts anderes übrig als zu gehen ..."

Sie brach ab und wunderte sich über ihre eigene Verwegenheit. Er hat mich doch schon beim Wechseln der Windeln beobachtet. Also weiß er ja wohl über meine mangelnden Kompetenzen Bescheid.

Aber er sah nicht einmal von seinem Essen auf, sondern sagte nur: „Niemand stellt hier etwas in Frage. Ich weiß nur ein wenig frische Luft und Bewegung in Gesellschaft meines Sohnes zu schätzen. Ist das in Ordnung?"

Das muss es wohl sein, ich kann ihm ja wohl schlecht etwas verbieten! dachte sie finster. Dann widmete sie sich wieder ihrem eigenen Teller und überlegte, ob er überhaupt jemals zugeben würde, was er Catherine angetan hatte.

Plötzlich erklärte er: „Ich habe dich als Kindermädchen eingestellt, damit Gilbert sich daran gewöhnt, dass außer mir noch jemand anderes auf ihn aufpasst. Besser er gewöhnt sich schon jetzt daran, bevor ich wieder den ganzen Tag arbeiten muss."

Kein Wort davon, wann seine Frau wieder auftaucht, dachte sie verwundert. Ist Gilberts Mutter so sehr von ihrer Ehe enttäuscht, dass sie sich jetzt voll und ganz auf ihre Karriere konzentriert und ihren kleinen Sohn dabei völlig außer Acht lässt?

Egal, ich will bestimmt nichts über die Ehe von diesem abscheulichen Kerl wissen. Er hat bei meiner eigenen Familie genug angerichtet!

Sie spazierten zu einem mediterranen Garten, in dem es an diesem warmen Augustnachmittag wunderbar duftete. Gérald bemerkte den verzückten Ausdruck auf Julies Gesicht. Die ganze verkrampfte Härte war schlagartig verschwunden, und sie sah wunderschön aus.

Auf den Schnappschüssen, die Patricia de Rougepeyre ihm gezeigt hatte, waren ihm zuerst die ernsten Gesichtszüge und die großen ungeduldigen Augen aufgefallen. Er hatte eigentlich auch kaum auf Attraktivität geachtet, sondern die Hochgelobte Enkeltochter schon als eine unsympathische Pedantin abgestempelt. Er hatte einfach nicht mehr hören können, wie toll und unfehlbar sie im Vergleich zu ihrer Mutter und ihrer Schwester war.

Aber als er sie jetzt betrachtete, wie sie den Duft einer wilden Rosenblüte einatmete, fielen ihm plötzlich nur ihre attraktiven, weiblichen Vorzüge auf: ihre weichen glänzenden Haare, die lose in ihr hübsches Gesicht fielen, und ihre schlanke, grazile Figur, die sich behutsam über die Blüte beugte.

Er spürte unerwartet einen leichten Schmerz in seiner Brust. Liebend gern wollte er sie fragen, ob ihr Geschäft wirklich bergab ging und sie ihr investiertes Kapital verlor. Gérald wollte ihr zeigen, dass er sie erkannt hatte und dass sie ihm vertrauen konnte.

Doch er wollte sie auch berühren und ihre kleinen, zarten Hände in seine nehmen, um ihr dann seinen Beistand und seine kompetente Beratung für ihre finanziellen Probleme anzubieten.

Absolut sicher war er sich, dass er ihr auf diesem Gebiet aus ihren Schwierigkeiten helfen konnte.

Aber irgendwie konnte er sein Anliegen einfach nicht formulieren, sein Hals schien zugeschnürt zu sein. Und dann war der Moment auch schon vorbei, da Gilbert jetzt ihre Aufmerksamkeit in Anspruch nahm und aus dem Kinderwagen gehoben werden wollte.

Sie gingen zusammen einen Hügel zu einem kleinen Seerosenteich hinab, um sich die Enten anzusehen. In diesem Moment nahm Gérald sich fest vor, beim Abendessen, wenn Gilbert schlief, vernünftig mit Julie zu reden.

Es war sehr wichtig, dass zwischen ihnen keine Missverständnisse bestanden. Allerdings *wie* wichtig das war, sollte er noch Gelegenheit haben herauszufinden.

3. KAPITEL

„Nur noch einen Löffel, sei ein braver Junge!" Julies Stimme hatte mittlerweile jegliche Autorität verloren. Der Kleine hatte sie, sich selbst und den ganzen Esstisch mit Bananenbrei voll geschmiert. Wie kommst du eigentlich dazu, dieses Kind geradezu anzuflehen? schimpfte sie mit sich selbst. Gérald war duschen gegangen, und sie hatte ihm beweisen wollen, dass sie seinen Sohn Gilbert auch allein füttern konnte.

„Na, hast du Schwierigkeiten?" Gérald betrat frisch geduscht und rasiert das Esszimmer der Suite und steckte sich dabei sein blaues Hemd in die Hose.

Sobald er seinen Vater erblickte, verzog Gilbert den Mund zu einem breiten Grinsen. Er hob ihn aus dem Kinderstuhl heraus und wischte ihm mit einem Tuch den Brei vom Mund ab.

„Normalerweise isst er abends Brot, Käse und Wurst." Er sah unerträglich selbstgefällig aus, als hätte er sie absichtlich auf die Probe gestellt und genau gewusst, dass sie durchfallen würde.

Julie spürte wieder unsagbare Wut in sich aufsteigen. Nicht nur, dass er mal wieder meine Unfähigkeit bemerken muss, warum platzt er überhaupt hier herein? Ich dachte, nach dem Spaziergang würde ich ihn heute Abend nicht mehr sehen. Bevor er duschen gegangen war, hatte er nur zu ihr gesagt, dass sie den Zimmerservice rufen sollte, um Gilberts Abendbrot zu bestellen.

Nun beobachtete sie missbilligend, wie er das Baby sicher in seinem linken Arm platzierte, während er im Wohnzimmer zum

Telefon ging. Entschlossen, sich nichts anmerken zu lassen, begann Julie damit, den Esstisch wieder sauberzumachen. Sehr bald wird er derjenige sein, der die Zähne zusammenbeißen muss, dachte sie finster.

Er hat geduscht und sich komplett umgezogen, also wird er wohl hoffentlich heute Abend ausgehen. Nachdem ich Gilbert ins Bett gebracht habe, kann ich mich dann endlich meinen eigentlichen Absichten widmen.

In diesem Moment brachte der Zimmerservice ein Tablett mit dem Abendbrot für Gilbert. Julie fühlte sich furchtbar, als Gérald mit seinem frisch angezogenen Sohn wieder im Esszimmer erschien und beide sie anlächelten.

Christine hat vollkommen recht gehabt, dachte sie entmutigt. Ich muss wirklich völlig verrückt sein, mich hier als ausgebildetes Kindermädchen auszugeben!

Und plötzlich kam ihr zum ersten Mal im Leben der Gedanke, etwas wirklich hoffnungslos aufzugeben. Er wird sich sowieso nicht ändern, egal, was ich zu ihm sagen oder ihm antun könnte. Wie kann man jemanden ein schlechtes Gewissen bereiten, wenn derjenige gar keines hat?

„Warum machst du dich nicht ein wenig frisch? Ich kann dieses kleine Monster so lange füttern", schlug Gérald vor und lächelte sie aufmunternd an.

Sie sah so niedergeschlagen und verletzlich aus, und er dachte sogar für einen Moment, sie würde weinen. Das konnte er nicht ertragen. Er hasste es!

Irgendetwas stimmte nicht mit ihr, und er wollte ihr dabei helfen, es wieder geradezubiegen. Aber das ging nicht, solange sie ihm nicht erzählte, was das Problem war. Seine Schultern waren bestimmt breit genug, um auch die Last zu tragen, die sie so offensichtlich quälte. Und mit einer so reizenden Frau wie Juliette de Rougepeyre würde das kein Problem sein. Im Grunde wäre es sogar ein ausgesprochenes Vergnügen für ihn.

Ihm war schon klar geworden, dass sie überhaupt keine Ahnung hatte, wie man sich um ein Kind kümmern musste. Er selbst war auch kein Experte, sondern richtete sich nur danach, ob sein Sohn glücklich war, nicht nach Stundenplänen oder blödsinnigen Theorien.

„Ruh dich ein wenig aus!" Seine Stimme klang schroffer, als er eigentlich beabsichtigt hatte. Sie stand jetzt dicht vor ihm, und er konnte ihren frischen, süßlichen Duft einatmen. Er war sich nicht sicher, ob es ein Parfum oder vielleicht auch sie selbst war.

Unbehaglich räusperte er sich schnell. „Gib mir das ruhig!"

Damit meinte er Gilberts kleinen Teller, den sie noch immer fest in den Händen hielt. Als er ihn entgegennahm, berührte er unabsichtlich ihre Finger, und dabei passierte plötzlich etwas merkwürdig Elektrisierendes.

Sie spürte es auch. Er bemerkte die Überraschung in ihrem Blick und hörte, wie sie messerscharf den Atem einsog. Aber dann streckte sie ihr Kinn vor, hob den Kopf und zog ihre Hand schnell weg. Etwas regte sich in ihm, als Julie sich umdrehte, den Raum verließ und er von hinten ihre schwingenden Hüften betrachtete. Unbedingt wollte er die Wahrheit herausfinden, warum sie dies alles hier tat.

Julie schloss die Tür ihres Badezimmers hinter sich und lehnte sich mit einem tiefen Seufzer dagegen. Ich brauche unbedingt eine Dusche, dachte sie völlig erschöpft und atmete tief durch. Jetzt weiß ich, dass ich auch nicht weniger immun gegen seine Ausstrahlung bin als andere Frauen. Als er meine Hand berührt hat und so unglaublich dicht vor mir stand, hätte ich mich beinahe in seine Arme geworfen.

Aber ich weiß genau, was für ein prinzipienloser Weiberheld er ist. Ich werde bestimmt nicht mit offenen Augen in mein Unglück laufen. Vielleicht bin ich völlig verrückt, wie Christine sagt, aber so verrückt bin ich nun auch wieder nicht!

Nachdem sie wieder etwas Mut gefasst hatte, zog sie sich aus und stellte das Wasser in der Dusche an. Das sieht mir überhaupt nicht ähnlich, jetzt einfach mir nichts dir nichts aufzugeben, dachte sie entschlossen.

Ihr fiel der Moment ein, als ihr die Tränen in die Augen gestiegen waren. Er hat so fürsorglich vorgeschlagen, dass ich mich erst einmal frisch machen und etwas ausruhen sollte, solange er sich um Gilbert kümmerte. Wie konnte ich mich nur so gehen lassen? schimpfte sie innerlich. Nein, der Plan steht immer noch fest, so wahr ich Juliette de Rougepeyre heiße!

Fünfzehn Minuten später verließ sie das Badezimmer und fühlte sich wie ein neuer Mensch. Gérald saß im großen Wohnzimmer vor dem Fernseher und schaute mit Gilbert, der auf seinem Schoß saß, ein Fußballspiel. Als Julie den Raum betrat, strahlte Gilbert sie aus blauen Augen, die von kleinen dunklen Locken umrahmt waren, fröhlich an.

„Danke, ich mache ihn dann jetzt am besten für das Bett fertig." Sie hob das Baby hoch und hoffte zutiefst, dass es nicht protestieren würde. Ich weiß nicht, was ich dann machen soll, überlegte sie panisch.

Aber Gilbert umklammerte sofort Julies Hals und drückte seinen kleinen Kopf fest unter ihr Kinn. Als Julie mit dem Baby den Raum verließ, platzte sie innerlich fast vor Stolz und hatte das Gefühl, ein kleines Wunder vollbracht zu haben.

Und auch danach klappte alles wie von selbst. Problemlos wechselte sie die Windeln, steckte Gilberts weichen, scheinbar knochenlosen Körper unbeschadet in einen schön flauschigen Schlafanzug und legte ihn in sein Bett, ohne dass der Kleine einen einzigen Laut von sich gab.

Soviel Macht hat also positives Denken, ging es Julie durch den Kopf. Doch die friedliche Stimmung wurde sofort zerstört als Gérald hinter ihr murmelte. „Soll ich ihn in den Schlaf singen, oder willst du das lieber machen?"

Erschrocken schnappte sie nach Luft. Warum muss er immer so lautlos hinter mir auftauchen? dachte sie aufgebracht. Anscheinend ist es ihm unmöglich, mich mal für ein paar Minuten mit seinem Sohn allein zu lassen. Und wieso muss er sich noch so *dicht* hinter mich stellen?

„Er will bestimmt, dass sein Vater für ihn singt", sagte Julie, als sie endlich ihre Stimme wieder gefunden hatte. „Ich bin ja eigentlich eine Fremde für ihn." Dann verließ sie schnell und leise den Raum und stand kurz darauf nachdenklich im Wohnzimmer. Wie kann Maxima bloß ihren wundervollen kleinen Sohn für mehr als eine Minute allein lassen? überlegte sie.

„Er schläft wie ein Stein!"

Er schleicht sich ja schon wieder von hinten heran, und dann diese weiche Stimme, dieser sanfte Tonfall...

„Gut." Was soll ich sonst sagen? Sie entfernte sich ein Stück von ihm, damit sich ihr Herzschlag wieder beruhigen konnte. Doch im nächsten Moment hatte sie das komische Gefühl, überhaupt keinen Herzschlag mehr zu besitzen, als er sagte: „Wir werden hier Abendbrot essen. Der Zimmerservice wird jeden Moment da sein."

„Aber ich dachte, du wolltest ausgehen", brachte sie schließlich mühsam heraus. Er soll ausgehen! Ich kann mich nicht konzentrieren, wenn er in der Nähe ist. Und ich kann es auch nicht ertragen, dass mich jemand derart verwirrt! fügte sie innerlich zerknirscht hinzu.

„Das ist mir neu." Gelangweilt blätterte er die Fernsehzeitung durch, warf sie dann aber achtlos auf einen kleinen Kaffeetisch. Er wirkt überhaupt nicht wie ein Mann, der seinen Abend damit verbrachte, fernzusehen oder mit einem guten Buch ins Bett zu gehen.

Soweit ich weiß, geht er lieber mit Freunden aus. Weiblichen Freunden! Véronique will ihm doch zeigen, wie man endlich mal wieder richtig *lebt*. Warum kostet er diese Gelegenheit jetzt nicht richtig aus? Entweder ist er nicht so ein Schwein, wie ich dachte, oder, was viel wahrscheinlicher ist, er will mich nicht mit seinem Sohn allein lassen.

Das ist logisch. Keiner kann abstreiten, dass Gérald de Gravelines seinen Sohn über alles liebt. Und das neue Kindermädchen ist noch keine zwölf Stunden hier und hat ihre Inkompetenz schon mehr als einmal bewiesen! dachte sie spöttisch.

Julie lächelte ihn so überzeugend wie möglich an und sagte ruhig: „Ich werde schon gut mit Gilbert klarkommen, wenn es das ist, was dich beunruhigt. Hatte deine Sekretärin nicht vorgeschlagen, dass du dich mal wieder amüsieren solltest? Genieße doch jetzt die Möglichkeit!"

Sie wusste, dass sie viel zu ungeduldig klang, aber das war ihr vollkommen egal.

„Ja, aber nicht heute Abend", sagte er und warf ihr einen rätselhaften Blick zu.

Heute Abend hatte er schon etwas vor. Er musste herausfinden, was es mit ihrer plötzlichen Rolle als Kindermädchen auf sich hatte. Und er hatte auch schlagartig den unnachgiebigen Drang, sie selbst viel besser kennen zu lernen.

Als das Zimmerservice an die Tür klopfte, fügte er noch schnell hinzu: „Und ich bin auch nicht beunruhigt. Wenn Gilbert einmal schläft, wacht er nicht mehr auf - eben ganz der Papa. Aber da wir die nächsten Wochen zusammenleben werden, sollten wir uns etwas besser kennen lernen. Mein Privatvergnügen kann schließlich warten."

Julie drehte sich der Magen um. Er will mich ohne Zweifel über meine nicht vorhandenen Referenzen als Babysitter ausquetschen! glaubte sie aufgeregt. Na, ich werde mich schon irgendwie dadurchwinden. Aber ich finde es sehr bezeichnend, dass er nicht abgestritten hat, sich quasi mit seiner Sekretärin zu amüsieren. Welcher normale, verheiratete Mann würde seinem neuen Kindermädchen gegenüber so etwas andeuten?

Aber natürlich ist er kein normaler Ehemann, fügte sie schnell hinzu. Er hat zwar sein Heiratsversprechen gegeben, aber anscheinend nie wirklich vorgehabt, es einzuhalten. Wenn jemand Catherine so behandeln konnte, wie er es getan hatte, war ihm alles zuzutrauen.

„Sollen wir essen?" Seine warme, tiefe Stimme klang unglaublich angenehm. Sie drehte sich zu ihm um und sah ihm in die Augen. Sein Mund ist ja wirklich schon unglaublich attraktiv, aber seine dunklen Augen schlagen das um Längen! stellte sie fasziniert fest.

„Ich habe eigentlich keinen Hunger", sagte sie leise. Dieser intime Komm - zu - mir - ins Bett - Blick ist auch nur eines seiner Lockmittel, mit denen er Frauen um ihren Verstand bringt.

Wie die leichtgläubige Catherine mit ihrem mangelnden Selbstbewusstsein. Es war noch gar nicht so lange her, Catherine war noch nicht einmal achtzehn, als dieser Kerl sie im Sturm eroberte. Jede Lüge hat sie ihm abgekauft und musste dann die zerschmetternden Konsequenzen tragen.

„Es ist die Hitze", sagte er mitfühlend. „Aber du musst versuchen etwas zu essen." Seine Worte dämpften die Wut, und sie riss sich schnell zusammen.

„Ich werde mein Bestes tun", sagte sie betont kühl und setzte sich an den Tisch, um das Abendessen zu begutachten.

Es gab Rotbarben in Weißwein, Kaninchen auf provenzalische Art und salade niçoise. Er sprach über den Lärm und die Luftverschmutzung in der Großstadt und wie grauenvoll es ist, ein Kind in dieser Umgebung großzuziehen. Sie hörte ihm kaum zu, sondern hielt ihren Blick fest auf ihren Teller gerichtet oder sah nachdenklich aus dem Fenster. Sie sah erst auf, als er fragte: „Wie läuft eigentlich die Agentur? Soweit ich gehört habe, ist Agence du Soleil ein voller Erfolg."

Es klang fast wie eine subtile Herausforderung. Sie wusste, dass sein Vater ihre Großmutter finanziell beraten hatte, nachdem ihr

Großvater gestorben war. Ob er auch weiß, das Kapital von einem der Fonds zum Kauf der Agentur benutzt wurde? Wohl kaum. So eine unbedeutende Kleinigkeit würde den einflussreichen Präsidenten eines großen Bankhauses nicht interessieren.

Ich glaube auch nicht, dass er meinen Nachnamen unbedingt einordnen kann. Rougepeyre ist in der Provence ein sehr häufiger Name! Und selbst wenn er wüsste, wer ich bin, hätte er es doch bis jetzt schon lange erwähnt. Also ist dies einfach eine oberflächliche Unterhaltung, über die ich mir keine Gedanken zu machen brauche.

Sie griff nach ihrem Weinglas und drehte es langsam in ihren Händen. „Wie soll ich das wissen, sie hat eben einen guten Ruf. Ich arbeite dort noch nicht so lange." Ein Segen, dass man mir die Lügen nicht ansehen kann.

„Ich verstehe. Wie lange arbeitest du generell schon als Kindermädchen?" Gérald lehnte sich in seinem Stuhl zurück und beobachtete, wie sich langsam ihre Gesichtsfarbe änderte. Er wusste genau, dass sie ihm etwas verschwieg. Aber was? Durchdringend starrte er sie an, und sie trank nervös einen langen

Zug aus ihrem Weinglas. Er nahm an, dass es ihr unangenehm war, über die finanzielle Notlage ihrer Firma zu sprechen.

„Noch nicht so lange", sagte sie schließlich, als ihr Glas leer war und sie keine Entschuldigung mehr hatte, eine Antwort hinauszuzögern. Aber immerhin ist es die Wahrheit, überlegte sie. Um genau zu sein, sind es etwas mehr als zwölf Stunden, fügte sie in Gedanken hinzu und hatte plötzlich den Drang zu kichern. Vielleicht hätte ich den Wein nicht so schnell trinken sollen!

Gérald schenkte ihr Glas wieder voll und fand sich damit ab, dass sie ihm noch nicht die Wahrheit sagen wollte. Er konnte warten. Sie kannte ihn ja kaum und würde bestimmt noch einige Zeit brauchen, um ihm zu vertrauen.

Er wollte, dass sie ihre Probleme mit ihm teilte und sich von ihm helfen ließ. Aber er hatte schon einen Plan entworfen, um ihr Vertrauen zu gewinnen. Dazu brauchte er erst einmal eine intimere Atmosphäre, als die unpersönliche Hotelsuite.

„Ich möchte, dass du für dich und Gilbert morgen früh ein paar Sachen zusammenpackst", sagte er schließlich. Lange hatte er sie schweigsam angesehen.

Fragend sah ihn Julie an, und er ließ seine Stimme etwas sanfter klingen, als er hinzufügend erklärte: „Wir werden aufs Land fahren. In ein kleines, abgelegenes Landhaus. Sehr friedlich, ein wundervoller Ort, um abzuschalten und zu entspannen." Sein Blick fiel wie von selbst auf ihrem Mund und blieb daran haften. Ein weicher Mund, der voll, rot und sehr einladend und sinnlich auf ihn wirkte.

Er starrte ihre Lippen an, die sie nun leicht geöffnet hatte, und fuhr mit einer ihm selbst völlig fremden Stimme fort: „Würde dir das gefallen?"

4. KAPITEL

„Kein bisschen!" Die Worte platzen aus ihr heraus, bevor sie sie zurückhalten konnte. Ein abgelegenes Haus auf dem Land, nur wir drei, das klingt für einen Schürzenjäger wie ihn mehr als eindeutig.

In der Rolle als Kindermädchen hätte ich eigentlich vollkommen gleichgültig reagieren müssen, durchfuhr es sie plötzlich. Aber dafür ist es jetzt zu spät.

Sie versuchte, ihn so gleichgültig wie möglich anzusehen, und wartete seine Reaktion ab. Ungläubig stellte sie fest, dass er ein Lächeln unterdrückte.

„Also bist du ein Stadtmensch?" Er bemerkte, wie sie sich innerlich anspannte.

Eigentlich müsste ich das sein, überlegte Julie leicht verwirrt, nachdem ich meine Kindheit auf dem riesigen, einsamen Familienanwesen bei Großmutter im Luberon verbracht habe.

„Komm mit mir!" Er verließ den Tisch, und sie beobachtete ihn misstrauisch. Phantastisch sieht er aus, schoss es ihr durch den Kopf. Die Natur hat ihn nicht nur mit einem perfekten Äußeren, sondern zugleich mit einem umwerfenden Charme ausgestattet. Mal ganz abgesehen von dem Sex-Appeal, der wirklich kaum auszuhalten ist!

Julie schluckte, raffte sich auf und folgte ihm in die gemütliche mit feinstem Leder bezogene Sitzecke des Wohnzimmers. Dort setzte sie sich auf den freien Platz neben ihm, auf den er mit seiner kräftigen Hand einladend klopfte.

Ich will nichts, aber auch gar nichts an ihm auf irgendeine Art und Weise anziehend finden, redete sie sich ein. Damit betrüge ich nicht nur mich selbst, sondern auch meine liebe kleine Schwester. Das darf ich auf keinen Fall vergessen!

„Ich bin auf der Suche nach einem Haus, wie du weißt. Ich habe überzeugende Angebote für mehrere Anwesen in der Nähe von St. Paul de Vence und Gap bekommen, die alle in Frage kämen. Aber ich muss sie noch besichtigen."

Nachdenklich blätterte er in einem dieser bunten Prospekte. „Ein Freund von mir besitzt ein kleines Landhaus in dieser Gegend, und er hat mir angeboten, dass ich es benutzen kann, während er geschäftlich im Ausland zu tun hat. Ich denke, wir werden für dieses Häuschen eine gute Verwendung finden, oder?"

Entspannt und zufrieden lehnte er sich zurück und sah ihr dabei fest in die Augen. Dann lächelte er unverhofft und sagte sanft: „Diese Idee findest du doch sicherlich sehr ansprechend?"

Nicht im Geringsten, antwortete Julie im Stillen. Und soll ich jetzt seine zweideutige Bemerkung als Flirt verstehen?

Sie verkniff sich ein Kommentar und war heil froh, als er offenbar etwas weniger absichtsvoll fortfuhr: „Es ist ein herrlicher Ausgangspunkt, um alle Anwesen zu besichtigen. Und es wird uns dreien gut tun, etwas frische, saubere Luft in unsere

Lungen zu bekommen. Ich kann es gar nicht erst abwarten, wie Gilbert auf Kuhweiden, Obstbäume und Lavendel- und Sonnenblumenfelder reagiert, wo er doch nur die Stadt kennt."

Jetzt wird er auch noch sentimental, dachte Julie müde. Mit einer gemurmelten Entschuldigung erhob sie sich, warf ihm einen kühlen Blick zu und ging zu Bett.

Als sie am darauf folgenden Morgen aufwachte, war ihr Zimmer von hellem Sonnenlicht und Gilberts lebhaftem Geplapper erfüllt.

„Guten Morgen, mein kleiner Prinz!" Julie stieg aus dem Bett und ging, nur mit einem Slip und einem hüftlangen T-Shirt bekleidet, zum Kinderbett hinüber, um Gilbert herauszuholen. Die ganze nächste halbe Stunde spielte sie mit dem Kleinen auf dem Teppich.

Sie fand heraus, dass Gilbert schon einige verständliche Worte sprechen konnte. Am lautesten rief er immer: „*Filou!*" Damit meinte er einen zerzausten braunen Stoffbären, den er immer mit sich herumschleppte.

Julie kniete sich vor ihn hin, um mit ihm auf einer Höhe zu sein. „Es wird langsam Zeit, sich anzuziehen. Und du brauchst bestimmt auch ein Bad. Habe ich recht?"

„Nein, nein!" Der Kleine schüttelte wild seinen dunklen Lockenkopf. „Bär, Bär!" Dann drehte er sich schnell um und krabbelte auf allen Vieren durch das Zimmer. Den Stoffbären schleifte er hinter sich her, und sein vergnügliches Gekicher war wahrhaftig ansteckend.

Julie kroch auf Händen und Knien hinter ihm her und stieß dabei tiefe Laute aus, bis Gilbert vor Begeisterung kreischte. Ich kann mich nicht erinnern, wann ich das letzte Mal soviel Spaß gehabt habe! meinte sie kopfschüttelnd.

„Müsst ihr so einen Lärm machen?" Die tiefe Stimme hinter ihr wirkte auf sie wie ein Eimer Eiswasser.

Schnell rappelte sie sich auf, zerrte ihr T-Shirt, so weit es ging, über die Hüften und versuchte, wieder Atem zu bekommen. Irritiert starrte sie Gérald an.

„Gilbert sollte schon lange angezogen sein", sagte er mürrisch. „In zehn Minuten kommt das Frühstück. Hast du schon gepackt? Ich hatte doch gesagt, dass wir früh losfahren!"

Julie fühlte sich unglaublich dumm, und eine unerträgliche Hitze stieg ihr ins Gesicht. Wie konnte ich nur, dachte sie fassungslos. Und wo ist überhaupt sein lässiger Charme geblieben?

„Ich werde mich um ihn kümmern", sagte er. „Zieh dich an, und pack eure Sachen zusammen!" fuhr er barsch fort, hob das Baby auf seinen Arm und sammelte einige Dinge aus ihrem Zimmer zusammen, die er für Gilbert brauchen würde. Dann ging er hinaus und ließ Julie allein.

Nachdem sie einigermaßen die Fassung wiedergewonnen hatte, packte sie mechanisch Gilberts und ihre eigenen Sachen in eine große Reisetasche. Dann zog sie sich an und legte ein wenig Make-up auf. Wenigstens sehe ich jetzt relativ vernünftig aus, auch wenn Gérald de Gravelines nicht glaubt, dass ich es bin. Gestern Abend hatte er doch noch versucht, mit mir zu flirten. Wenn ich mir allerdings seine glitzernden Augen und seinen zweideutigen Blick nur eingebildet habe, dann wird er mich heute sicherlich für meine Inkompetenz Hinausauswerfen. Wenn er wirklich ein liebevoller, verantwortungsbewusster Ehemann und Vater ist, wird er mich *auf jeden Fall entlassen*, das steht fest!

Wenn er aber Gérald Baron de Gravelines ist, der Frauen nur benutzt, betrügt und eiskalt fallenläßt und auch nichts gegen eine

Affäre mit dem neuen Kindermädchen hat, wird er das nicht tun. Und in der nächsten Stunde wird sich herausstellen, wie ich ihn einzuschätzen habe, dachte sie entschieden.

Und es stellte sich heraus. Eine gute Stunde später saßen sie in seinem Geländewagen und hatten die Stadt bereits hinter sich gelassen. Gilbert war sicher in seinem Kindersitz auf der Rückbank festgeschnallt.

Sie hätte ihm am liebsten an den Kopf geworfen, was sie von ihm hielt, als sie später am Morgen schließlich ihr Zimmer verlassen hatte. Aber auf den ersten Blick hatte sie sofort gesehen, dass seine schlechte Laune vergangen war, denn er lächelte sie mit dem ihr so vertrauten Charme an

„Fertig?" Seine dunklen Augen unter den schwarzen, dichten Wimpern hatten einen undefinierbaren Ausdruck, als er seinen Blick langsam an ihr heruntergleiten ließ.

Wahrscheinlich ruft er sich jetzt ins Gedächtnis, wie ich vorhin nur im T-Shirt auf dem Fußboden herumgekrochen bin, dachte Julie entrüstet. Dann muss ich mir jetzt wohl keine Sorgen machen, dass er noch nach meinen Referenzen fragen könnte.

Also habe ich doch recht gehabt! Wenn ich nun ein paar Tage mit ihm allein in einem gemütlichen, alten Mas verbringe, würde ich mich in die Höhle des Löwen wagen.

Vielleicht sollte ich ihm wirklich genau jetzt meine Meinung sagen und ihm erzählen, dass nur der Zufall Catherines Tod verhindert hat. Wenn Großmutters Gärtner Maurice Chevallier, nicht in der Nähe gewesen wäre und sie gerettet hätte, wäre sie in diesem abgelegenen See ertrunken!

Mit einem Mal kam ihr eine andere Idee. Das ist doch völlig verrückt, dachte sie bei sich und wollte den Gedanken sofort wieder verwerfen. Aber das konnte sie nicht, und so sagte sie: „Ja, ich bin fertig."

„Es tut mir leid, dass das zweite Schlafzimmer so klein ist", sagte Gérald entschuldigend. „Mein Freund Benjamin und seine Frau Beatrice haben zwei Töchter eine Fünfjährige, und ein Baby von sechs Monaten. Daher stehen dort nur ein Gitter- und ein schmales Einzelbett. Wenn es dir zu eng und ungemütlich ist, könnten wir die Zimmer tauschen." Er hatte Gilbert auf dem Arm und sah Julie erwartungsvoll an.

Sie machte auf ihn den Eindruck einer selbstbewussten jungen Frau. Im Gegenteil zu ihrer Schwester war Julie eine Kämpfernatur.

Als er Catherine zum ersten Mal auf dem fünfundsiebzigsten Geburtstag von Patricia de Rougepeyre getroffen hatte, war sie ihm wie ein Strauß frischer Frühlingsblumen in einer staubigen, alten Umgebung vorgekommen. Schnell fand er heraus, dass sie versuchte, sich unsichtbar zu machen, sobald ihre Großmutter in der Nähe war.

Patricias Charakter- und vor allen Willensstärke war überwältigend, und sie akzeptierte nur diejenigen, die ihre Ausstrahlung und ihrem Auftreten gewachsen waren. Dieses hübsche junge Mädchen hatte ihm Leid getan, dann führte eines zum anderen, und schließlich hatte sich die Situation höchst problematisch zugespitzt...

„Das Zimmer ist in Ordnung", antwortete sie kurz und riss ihn damit aus seinen Gedanken. Sie betrat den kleinen Raum und starrte verkrampft auf die bunt geblümten Vorhänge. Was mache ich hier überhaupt? dachte sie kopfschüttelnd.

Dann fiel ihr plötzlich wieder ganz genau ein, was sie hier vorhatte, und sie riss sich schnell zusammen, um ihren neuesten Plan in die Tat umzusetzen.

„Gut, dann werde ich dich allein lassen, damit du auspacken kannst. Du darfst mein Zimmer gern noch haben, falls du deine Meinung noch ändern solltest. Vielleicht könntest du ja die Betten beziehen, und ich werde Gilbert mal den Garten zeigen. Wenn du fertig bist, fahren wir ins Dorf, um Vorräte einzuholen." Er wandte sich ab und ging zur Tür. Dann drehte er sich unverhofft noch einmal um und lächelte sie aufmunternd an, bevor er verschwand.

Sie hatte den ganzen Tag einen ziemlich kleinlauten Eindruck gemacht, nachdem er an diesem Morgen so barsch reagiert hatte, als sie mit Gilbert herumtobte. Aber dieser rüde Ausdruck war nur seine Reaktion auf seinen unbändigen Drang gewesen, sie endlich zu fragen, warum sie in ihrer eigenen Agentur als Kindermädchen arbeitete.

Aber das konnte sie natürlich nicht wissen, und deshalb wollte er ein wenig freundlicher zu ihr sein, damit sie sich entspannte und ihm endlich von dem erzählte, was sie beschäftigte. Wenn nur die Hälfte von dem was Patricia de Rougepeyre über sie erzählt hatte, stimmte, war sie eine sehr intelligente, unabhängige junge Frau, auf die man sich in jeder Hinsicht verlassen konnte.

Als Julie allein war, setzte sie sich auf die Kante ihres Bettes. Mein ganzes Leben lang bin ich zielstrebig meinen Weg gegangen und habe stets die richtigen Entscheidungen getroffen.

Warum zögere ich dann bei dieser? So eine Schwäche sieht mir überhaupt nicht ähnlich. Aber andererseits, wenn ich hier bleibe, bringe ich mich selbst in Gefahr!

Sein unglaublicher Charme, die Momente, in denen er sie so fürsorglich behandelte, und die Hingabe, die er mit soviel Wärme und Gelassenheit seinem Sohn gab, standen völlig im Gegensatz zu der kalten Arroganz, die sie von einigen anderen wohlhabenden, erfolgreichen Männern kannte, denen sie im Leben begegnet war.

Ihr Inneres sprach einfach auf Gérald de Gravelines an, und das hatte sie zuvor noch nie bei einem Mann erlebt. Und diese unkontrollierte Zuneigung kam ihr selbst äußerst gefährlich vor.

Wütend auf sich selbst, stand sie auf und ging zum Fenster hinüber, um in den Garten zu sehen. Dort hockte Gérald auf dem saftig grünen Rasen und stützte mit einer Hand Gilbert, während er mit der anderen kopfschüttelnd auf ein paar Rosenbüsche zeigte.

Offenbar erklärt er Gilbert gerade eine der wichtigsten Lektionen im Leben: nämlich das Rosen Dornen haben! ging es Julie durch den Kopf.

Sie vergaß Luft zu holen, als ihr Géralds muskulöse, breite Schultern unter seinem weiten Polohemd auffielen - und wie seine festen Schenkel sich durch den Stoff seiner leichten Sommerhose drückten.

Sie drehte sich schnell weg und versuchte, ihre Gefühle wieder unter Kontrolle zu bekommen. Wirklich, ich habe seine sexuelle Ausstrahlung unterschätzt. Und dass er sie gnadenlos einsetzt, um seinen persönlichen Interessen zu verfolgen.

Ich brauche nur an die verletzliche Catherine zu denken, dachte Julie wütend, an die dunklen Ränder unter ihren Augen, als sie mir erzählt hat, was passiert war.

Julie hatte sich damals nach dem alarmierenden Anruf ihrer Mutter große Sorgen gemacht und war sofort nach Hause gefahren. Ihre Mutter hatte ihr von dem Unfall am See erzählt -

und das Catherine seitdem nicht mehr essen oder ihr Zimmer verlassen wollte, sondern permanent nur weinen würde.

Als Julie mit ihr sprechen wollte, sah ihre Schwester noch schlimmer aus, als sie erwartet hatte. Die Augen waren ausdruckslos und ihre Wangen eingefallen, und sie selbst wirkte sehr blass und abgemagert.

In dem Augenblick, als Julie leise das Zimmer betrat, hatte sich Catherine weinend in ihre Arme geworfen. Sie schluchzte so herzzerreißend, dass Julie zuerst gar nicht wusste, was sie sagen sollte.

„Salut!" Julie strich ihrer Schwester beruhigend über das Haar, und das Schluchzen ebbte langsam ab. „Was ist denn los, Chérie? Du bist ins Wasser gefallen und hattest bestimmt einen Schock. Aber Maurice war doch sofort da und hat dich herausgezogen. Es ist doch gar nichts passiert." Sie hatte Catherine aufmunternd angelächelt. „Ich kann dir nur raten, das nächste Mal Maurice zu deinem Spaziergang am See mitzunehmen. Er ist doch so ein netter Kerl, findest du nicht?"

„Es kümmert mich nicht, dass Maurice mich gerettet hat. Mich interessiert überhaupt nichts mehr", hatte sie leise geantwortet.

„Soll das etwa heißen, es war gar kein Unfall? Du bist gar nicht zufällig zum See gekommen und dann aus Versehen abgerutscht?" Julie war geschockt gewesen und wollte um jeden Preis herausfinden, was ihre Schwester so sehr den Lebensmut genommen hatte.

„Ich dachte, er liebt mich." Catherine schluchzte laut. „Und dann sehe ich das hier!" Sie hatte die Zeitung mit dem Hochzeitsartikel von Gérald Baron de Gravelines in der Hand gehalten. Ein sehr attraktiver, erfolgreicher Bankiers und seine junge, schöne Braut Maxima di Stefano, die seit kurzer Zeit sehr berühmte spanische Opernsängerin. „Sie bekommen ein Kind, hier steht es geschrieben. Und ... und sie wollen auf Mauritius leben." Sie begann wieder zu weinen.

„Bist du selbst in diesen Mann verliebt, Catherine?" hatte Julie vorsichtig gefragt.

„Ich bin nicht verliebt, ich liebe ihn von ganzem Herzen! Und ich war überzeugt, er würde meine Liebe erwidern. Er war doch so nett an diesem Tag. Natürlich hat er gesagt, ich sei ihm noch viel zu jung. Aber ich habe ihm zu verstehen gegeben, ich wäre alt genug, um alles zu tun, was er wollte. Er hat mich in sein Büro genommen, und meine ganze Bluse war zerrissen. Er hat sogar seine Sekretärin angerufen, um mir eine Neue vorbei bringen zu lassen. Es war wirklich etwas Besonderes ..."

„Ich glaube, ich hole uns erst einmal etwas Heißes zu trinken", hatte Julie gesagt und dann das Zimmer verlassen. Unten in der Küche sprach sie dann mit ihrer Mutter über Catherine. Sie wollte sie nicht beunruhigen, und so hielt sie ihre Erklärungen über Catherines Zustand sehr vage. „Catherine leidet unter Liebeskummer, aber frage sie lieber nicht darüber aus. Sie möchte jetzt einfach noch nicht darüber reden."

Dann hatte sie ihrer Mutter vorgeschlagen, einen längeren Urlaub zu machen, und sich bei Patricia für die Finanzierung dieser Reise stark gemacht. Sie selbst wollte einfach nur irgendwann diesem verantwortungslosen Mann klarmachen, was er angerichtet hatte, und ihm dann alles doppelt und dreifach heimzahlen.

Um ihren raffinierten Plan gleich in die Tat umzusetzen, zog sie sich etwas Aufreizendes an und ging dann entschlossen in den Garten hinunter.

Als sie sich ihm näherte, starrte er sie einfach nur an, bis ihr fast die Luft zum Atmen wegblieb. Gilbert saß vor seinen Füßen und spielte mit ein paar Blumen. Offensichtlich spürte er nichts von der gespannten Atmosphäre, die Julie mit jedem Atemzug in sich aufsog.

„Hinreißend", murmelte Gérald schließlich mit tiefer Stimme, und sie war sich nicht ganz sicher, ob das jetzt ein Kompliment über ihre Erscheinung sein sollte.

Sie hatte sich für einen langen, engen Rock und ein tailliertes Oberteil entschieden, das ihre schlanke Figur sehr gut zur Geltung brachte. „Danke." Sie lächelte ihn milde an und unterdrückte den Impuls, so schnell wie möglich wegzulaufen.

„Dann Lass uns mal herausfinden, was die Geschäfte im Dorf so zu bieten haben!" Gérald nahm seinen kleinen Sohn auf den Arm, zog eine Blume aus seinem Mund und hob mit gespielter Strenge eine Augenbraue, als er in Julies Richtung blickte.

Eigentlich hatte er vorschlagen wollen, dass sein neues Kindermädchen mit dem Sohn im Haus blieb, während er einkaufen ging. Aber nun konnte er sich nicht überwinden, sie allein zurückzulassen. Er wollte sie in seiner Nähe haben!

„Einverstanden", sagte sie, und diesmal war ihr Lächeln einnehmend und sehr warm. Er schnappte nach Luft, und im gleichen Moment drehte sie sich um und ging vor ihm entlang zum Haus zurück.

Er folgte ihr, schloss die schwere Eichenhaustür ab und ging zum Auto hinüber. Als Gilbert sicher im Kindersitz angeschnallt war, fiel er fast augenblicklich in tiefen Schlaf. Und eine wunderschöne junge Frau wartete auf dem Beifahrersitz auf ihn. In diesem Moment kam ihm das Leben phantastisch vor.

„Ich hoffe nur, dass nicht das ganze Dorf über Mittag schließt!" Er lächelte sie an, als er den Wagen startete. Aber ihr Blick begegnete seinem mit einem Anflug von Misstrauen, das sie schnell versteckte, indem sie sich sofort zur anderen Seite drehte und aus dem Fenster starrte.

Er runzelte die Stirn, zuckte verwirrt mit den Schultern und fuhr den Wagen dann über die lange, unbefestigte von alten Steineichen gesäumte Auffahrt, vorsichtig auf die Straße.

Ihre entspannte Ferienstimmung hatte nicht allzu lange angehalten. Irgendetwas musste sie wieder in die Defensive gedrängt haben. Er hatte bloß keine Vorstellung davon, was das sein könnte.

„Falls die Läden im Dorf keine gute Auswahl haben, fahren wir noch ein Stückchen weiter in einen größeren Ort." Er hätte sich auf die Zunge beißen können. Dies war ganz und gar nicht die Art von Gespräch, die er sich mit ihr vorgestellt hatte.

„Ich bin sicher, das wird nicht nötig sein. Wir sind ohnehin nicht so lange hier, da werden wir wohl mit dem Nötigsten überleben." Julie bemühte sich um einen ungezwungenen Tonfall, obwohl sie das Gefühl hatte, ihr Hals wäre zugeschnürt. Ich werde noch wahnsinnig, dachte sie beklommen. Mein Körper reagiert auf ihn, obwohl ich es nicht will! Dabei sollte es eigentlich nur so aussehen...

Lächelnd wandte sie sich ihm zu. „Wenn es dir hilft, werde ich mich gern um die Verpflegung kümmern, während du dich auf Häuserjagd begibst."

Heißt es nicht, die Liebe eines Mannes geht durch seinen Magen? Auch wenn ich bei einem Baby hinten und vorn nicht unterscheiden kann, in der Küche kenne ich mich sehr gut aus, erachtete sie zuversichtlich.

„Egal ob Verpflegung oder Hausbesichtigung, ich würde es vorziehen, wenn wir alles gemeinsam täten." Sein Ton klang freundlich, aber bestimmt.

Sie antwortete ihm nicht mehr, sondern wartete, bis er den Wagen im Schatten einer mächtigen Pinie geparkt hatte. Dann fasste sie ihren ganzen Mut zusammen und berührte mit ihren Fingerspitzen sanft seinen Unterarm.

„Wirklich alles?" Das leichte Zittern seiner Haut unter ihren Fingern zeigte ihr, dass er ihre Anspielung verstanden hatte. Er spannte augenblicklich seine Muskeln an, und sie kämpfte gegen den Impuls, ihre Hand sofort wieder wegzuziehen.

Na, wenigstens muss ich mich nicht bemühen, heiser zu klingen, dachte sie. „Das hört sich viel versprechend an", hauchte sie und wusste jetzt, dass ihr Plan funktionieren würde. Ich gebe ihm die Signale, die er sich erhofft. Und wenn ich mich nicht stark irre, haben seine Augen einen triumphierenden Ausdruck.

Der Startschuss war gefallen.

Nichts passierte.

Dabei wünschte Julie sich vom ganzen Herzen, dass sich etwas tun würde.

Gilbert lag in seinem Bett und schlief wie ein unschuldiger Engel. Julie selbst fühlte sich indessen alles andere als unschuldig und starrte frustriert ihr Spiegelbild an. Ich muss mich unbedingt mehr anstrengen, um mein Ziel zu erreichen.

Entweder spielen Gérald und ich nach unterschiedlichen Regeln - und ich habe mich mit diesen Signalen geirrt -, oder er hat komplett jegliches Interesse verloren.

Sie waren einkaufen gegangen, hatten gegessen, einen Ausflug zum ersten Anwesen gemacht, und die ganze Zeit hatte sich Gérald de Gravelines wie der perfekte Kavalier benommen.

Unter normalen Umständen konnte man ihr Verhältnis als einwandfrei zwischen Arbeitgeber und Arbeitnehmer bezeichnen - vielleicht sogar freundschaftlich.

Aber dies sind keine normalen Umstände, wertete sie verzweifelt. Er muss auf meine Annäherungen eingehen, damit ich ihn genauso fallenlassen kann, wie er es mit meiner Schwester getan hat.

„Ich werde Salat machen und ein paar Koteletts grillen", hatte er gesagt, nachdem sie das Baby gebadet und ins Bett gebracht hatten. Jetzt stieg ihr der Duft von gegrilltem Fleisch in die Nase, und ihr wurde unwillkürlich übel vor lauter Nervosität.

Ich muss mich zusammenreißen und ihm eine Lektion erteilen, dachte sie entschlossen und trat zum Fenster herüber. Auf der Terrasse deckte ihr Opfer gerade den Tisch.

Ich muss mir wirklich mehr Mühe geben, damit ich nicht noch mehr Zeit hier verplempere, als unbedingt nötig ist.

Sie duschte schnell und zog sich dann sehr kurze Shorts und ein enges Top an, das sie zum Großteil scheinbar unachtsam aufgeknöpft ließ.

Als sie sich schließlich vor dem Spiegel drehte, war sie mit dem Ergebnis sehr zufrieden. Sie war barfuss, ungeschminkt und ließ ihre Haare unfrisiert trocknen. Das wird schon seine Wirkung zeigen, triumphierte sie zuversichtlich.

Ein letztes Mal schaute sie nach Gilbert, der friedlich schlief, und streichelte vorsichtig seine rosa Wangen.

Julie spürte, wie sich ihr der Hals zuschnürte. Kaum zu glauben, wie schnell mir dieses Kind ans Herz gewachsen ist. Wie gern würde ich deinen Vater in einen treuen Ehemann verwandeln und deine Mama zurückbringen, wo immer sie gerade sein mag, damit du eine glückliche Familie hast, mein Kleiner.

Was überlege ich da eigentlich? dachte sie plötzlich. Das einzige, was ich tun kann, um Géralds Einstellung Frauen gegenüber zu ändern, ist, ihn mit seinen eigenen Waffen zu schlagen. Wenn er erst einmal selbst die Erfahrungen gemacht hat, wie furchtbar so eine Erniedrigung sein kann, wird er sich anderen gegenüber vielleicht fairer verhalten.

Julie schüttelte ihre Gedanken ab und ging hinaus, um ihre Flirtkünste auszuprobieren.

Mit schnellen Schritten betrat sie die Terrasse. Wenn ich auch nur eine Sekunde darüber nachdenke, was ich jetzt tun will, werde ich meinen ganzen Mut verlieren.

Obwohl sie sich scheinbar lautlos ihm näherte, bemerkte Gérald ihre Anwesenheit sofort. Er drehte sich nicht um, sondern sagte nur ruhig und betont gelassen: „Nimm dir schon einmal einen Wein. Die Flasche steht auf dem Tisch, und die Koteletts werden gleich fertig sein."

Julie holte tief Luft. Dieser Vorschlag kam ihr wie eine Galgenfrist vor, und sie schenkte sich mit zitternden Händen ein Glas Wein ein.

Eigentlich müsste ich ihm jetzt auch ein Glas geben, ihn liebenswert anlächeln und mit den Augenliedern klimpern. Aber ich kann nicht! resignierte sie verzweifelt. Ich bringe das einfach nicht fertig.

Sie hatte plötzlich Angst vor ihm. Jedenfalls war sie überzeugt, dass es Angst war, was sie innerlich empfand. Gebannt starrte sie auf seinen breiten Rücken, drehte sich dann lautlos um und ging über den Rasen in die hinterste Ecke des Gartens. Dort setzte sie sich im Schatten eines alten Olivenhains und trank ihren Wein in einem langen Zug aus.

„Sieht aus, als hättest du das gut gebrauchen können!" Seine etwas heisere Stimme klang amüsiert, und Julie zuckte erschrocken zusammen. Sie hatte nicht erwartet, dass er ihr so schnell folgen würde, und schloss fest die Augen, als er sich dicht neben ihr auf dem Rasen niederließ.

Alkohol schoss durch ihre Adern. Oder vielleicht war es das plötzliche Bewusstsein, wie nah sich ihre Körper in diesem Moment waren. Lange herrschte Schweigen, und Julie kam es vor, als würde er sie ungeniert beobachten, bis er schließlich sagte: „Hier, nimm meinen!" Gérald hielt ihr sein volles Glas Gaillac hin und nahm ihr das leere aus der Hand. Als sich dabei zufällig ihre Hände berührten, riss Julie erschrocken die Augen auf und richtete ihren Blick unwillkürlich auf seinen Mund.

„Ich sollte keinen Wein mehr trinken", erwiderte sie, nahm das Glas aber trotzdem entgegen, damit sie überhaupt irgendetwas in der Hand halten konnte.

Gedankenverloren trank sie in kleinen Schlücken weiter und philosophierte über ihre Situation nach. Ob er versucht, mich betrunken zu machen? Vielleicht ist das seine Methode, damit er sich nicht mit diesen müßigen Annäherungen und Gesprächen abplagen muss, um eine Frau ins Bett zu bekommen, überkam es sie entrüstet. Und wenn er dann hat, was er wollte, wird es unser kleines Geheimnis bleiben, und der Ehefrau wird nichts erzählt.

Mittlerweile hatte sie sich so in ihre Wut hineingesteigert, dass sie ihn sofort geschlagen hätte, wenn er ihr näher gekommen wäre.

Aber er tat es nicht, sondern sagte stattdessen. „Lass uns essen gehen!" Dann sprang er leichtfüßig auf und streckte ihr eine Hand hin, um ihr hochzuhelfen.

Julie ergriff sie, denn sonst hätte sie wahrscheinlich auf Händen und Füßen zur Terrasse zurück krabbeln müssen. Ihr Kopf drehte sich wie wild, und ihr ganzer Körper reagierte äußerst empfindsam auf die Berührung seiner warmen Hände, mit denen er sie zu stützen versuchte. Sie krallte sich an ihm fest, als er sich bückte, um ihre Gläser aufzuheben.

Dann richtete er sich wieder auf, und ihr Körper fiel dabei wie unabsichtlich gegen ihn. Es trieb sie fast zum Wahnsinn, als sie die Reibung durch seinen massiven Oberkörper auf ihre Haut spürte.

„Oh!" japste sie und taumelte, denn die Reaktion ihres Körpers auf ihn brachte sie furchtbar durcheinander. Sie war so verwirrt, dass sie nicht wusste, was sie tun sollte. Ob ich mich einfach festklammere und ihn umarme, oder soll ich lieber so schnell wie möglich hier verschwinden?

Die bessere Idee ist wahrscheinlich, wenn ich jetzt meine Arme um seinen Nacken lege und seinen Kopf zu mir herunterziehe.

Dabei könnte ich meinen Körper noch ein wenig fester gegen ihn pressen, überlegte sie krampfhaft weiter, denn immerhin will ich mich ja noch an ihm rächen!

Ich muss diese Verführungsnummer nur noch nach meinen eigenen Regeln durchziehen. Hoffentlich bleibe ich diesen Regeln auch treu, dachte sie plötzlich besorgt. Das fiel ihr nämlich in seiner unmittelbaren Nähe immer schwerer.

„Steh gerade!" befahl Gérald barsch und grinste sie an. Es war sehr mühsam für ihn, die Kristallweingläser festzuhalten und gleichzeitig den wohlgeformten, einladenden Körper von Gilberts Kindermädchen von sich zu schieben und sicher zur Terrasse zu dirigieren.

Als sie gegen ihn gefallen war und sich an ihn geklammert hatte, war das eine unbeschreibliche Provokation für ihn gewesen. Gérald fragte sich, ob das genauso absichtlich geschehen war wie ihr unvermutetes Verschwinden in den Garten, womit sie in quasi aufgefordert hatte, ihr zu folgen.

Aber er ließ die Möglichkeit offen, dass ihr Verhalten nur durch den Alkohol beeinflusst worden war. Während er ihren Rücken stützte, damit sie in ihrem angetrunkenen Zustand nicht stolperte, wünschte er sich, dass er sie nicht anfassen müsste. Sie zu berühren bedeutete, dass er sich mit aller Kraft unter Kontrolle halten musste, um die Situation nicht auszunutzen, geschweige denn auszukosten. Wenn sie jetzt vollkommen nüchtern und sich dessen bewusst gewesen wäre, was um sie herum passierte, dann würde er ganz anders reagieren.

Gérald schüttelte seine erotischen Gedanken ab und führte Julie zu dem Gartentisch, damit sie sich hinsetzen konnte.

Wenn er sie irgendwann in seine Arme nehmen würde, wollte er, dass sie sich völlig über die Konsequenzen dieses Schrittes im Klaren war. Es hatte keinen Zweck, solange der Alkohol sie mental und physisch beeinflusste.

Außerdem wollte er ihr Vertrauen gewinnen. Und das wäre mit Sicherheit nicht möglich, wenn er sie in diesem Zustand in seine Arme reißen und ihren Körper und ihr Gesicht mit Küssen bedecken würde.

Es war noch viel zu früh. Natürlich war Julie älter und reifer, sicherlich auch erfahrender, als es ihre jüngere Schwester gewesen war. Und er hatte die Reaktion ihres Körpers sehr wohl bemerkt, kurz bevor sie sich gegen ihn gedrängt hatte.

Offensichtlich spürte auch sie eine starke sexuelle Anziehungskraft zwischen ihnen beiden.

Aber er würde nicht riskieren, dass ihre Beziehung keine Zukunft hatte, nur weil er sich nicht beherrschen konnte. Glücklicherweise waren die Koteletts noch nicht verbrannt, und auch der frische Salat schmeckte köstlich. Gérald schenkte sich selbst Wein ein, nachdem Julie wild den Kopf geschüttelt hatte.

„Das Fleisch ist wirklich sehr lecker", sagte sie und strahlte ihn verführerisch an.

„Wie kommt es eigentlich, dass ihr Herren der Schöpfung Grillen für eine absolute Männerdomäne haltet, aber euch nie in der Nähe von Herd oder Spüle blicken lässt."

„Ausnahmen bestätigen bekanntlich die Regel. Ich für meinen Teil zumindest koche gern", erwiderte er lächelnd und sah sie über den Rand seines Glases an.

Es ist wirklich angenehm, dass er seinen bemerkenswerten Reichtum nicht so zur Schau stellt, schoss es Julie auf einmal durch den Kopf. Allein das Anwesen heute bei der Besichtigung war ein luxuriöser Wahnsinn, und es hätte doch eigentlich sehr gut zu ihm gepasst. Aber er findet es nicht *heimisch* genug!

Auf ungewollte Art und Weise fand Julie diese Einstellung ungeheuer sympathisch, aber sie riss sich sofort wieder zusammen.

Es hat keinen Zweck, wenn meine Emotionen mir jetzt im Weg stehen! Sicherlich hat er bestimmt gute Seiten, aber das ändert nichts an dem, was er Catherine angetan hat.

Gérald lehnte sich vor und stütze sich auf seine gebräunten Unterarme. Nachdenklich drehte er das Weinglas in seinen kräftigen Händen. Seinen Gesichtsausdruck, schaffte sie nicht, zu entschlüsseln, da das Tageslicht mittlerweile zu schwach geworden war. Aber seine Stimme klang sehr ruhig und warm.

„Erzähl mir etwas über dich, Julie!"

Ich will aber nichts über mich erzählen, entgegnete sie erschreckt im Unterbewusstsein. Jedenfalls nicht, bevor mein Plan es zulässt. Sie räusperte sich und sagte dann mit einem verführerischen Lächeln. „Ich bin sicher, wir finden ein weniger langweiliges Gesprächsthema. Dich zum Beispiel ..."

„Ganz und gar nicht!" Gérald streckte sich. „Ich bin sicher, dass ich dich als Gesprächsthema endlos faszinierend finde."

Insgeheim überlegte er, warum sie ihn so aufreizend anlächelte. Denn ihre Augen hatten im Gegensatz dazu einen unübersehbaren, angstvollen Ausdruck. Er lächelte beruhigend zurück und überlegte, wie er das Gespräch richtig und vernünftig anfangen könnte. Wenn sie und ihre Agentur in Schwierigkeiten waren, wollte er ihr unbedingt helfen. Und das nicht nur, weil ihre Familien seit Jahrzehnten geschäftlich verbunden waren.

„Erzähl mir doch, warum du dich professionell um die Kinder anderer Leute kümmern möchtest!" schlug er vor. „Seit wann genau arbeitest du als Kindermädchen?"

Als er sie jetzt ruhig betrachtete, regte sich ein unerträgliches Verlangen in ihm, sie in seine Arme zu schließen.

Ihre Haut schimmerte sanft, und ihr aufgeknöpftes Oberteil entblößte ihr tiefes Dekolleté und ihre schlanke Taille.

Julie bemerkte, wie er jetzt unruhig auf seinem Stuhl hin und her rutschte und verkrampft die Lippen aufeinanderpreßte.

Sie freute sich über ihren Erfolg, aber sie wollte auch nicht, dass er ungeduldig wurde.

Seine Frage kann ich trotzdem nicht beantworten, urteilte sie verzweifelt. Langsam geraten die Dinge außer Kontrolle. Vielleicht sollte ich ihm noch eine letzte Chance geben, sein Verhalten vernünftig zu entschuldigen. Ich werde mal ganz nebenbei seine verschwundene Ehefrau erwähnen und seine Reaktion abwarten. Wenn Gérald eine überzeugende Erklärung für ihre Abwesenheit hat, die sich nicht mit meiner Ahnung deckt, werde ich meine Meinung ändern und sein unmoralisches Benehmen als harmlose Gewohnheit betrachten.

„Sicherlich möchtest du keine Entscheidung über euer zukünftiges Zuhause treffen, ohne die Meinung von Madame de Gravelines gehört zu haben?" Er hat zwar seine abwesende Ehefrau nie erwähnt, aber unter diesen Umständen ist diese Frage ja wohl gerechtfertigt.

Aufmerksam betrachtete Julie sein Gesicht, aber er winkte nur lächelnd ab.

„Wie kommst du denn darauf? Sie verbringt doch sowieso nur einen Monat im Jahr in Frankreich und ist sicherlich der Meinung, dass Gilberts und mein zukünftiges Zuhause völlig irrelevant ist. Also, ich mache mir einen Kaffee. Willst du auch einen?"

Gut, wertete sie. Ernüchterung machte sich breit. Er hat seine Chance gehabt, und seine Einstellung ist mehr als deutlich gewesen. Er ist von seiner Frau so gut wie getrennt und kann tun und lassen, was er will.

Jetzt wird nicht mehr geredet, jetzt wird gehandelt! dachte Julie entschlossen. Ihr Herz raste, aber sie stand trotzdem vom Tisch auf und streckte sich verführerisch.

„Für mich keinen Kaffee, danke. Ich werde ein wenig durch den Garten spazieren. Nach dem Essen habe ich das Gefühl, ich könnte etwas Bewegung vertragen."

Doch ihr Magen zog sich zusammen, als sie bemerkte, wie er ihren Körper von oben bis unten betrachtete. Mit heiserer Stimme fügte sie hinzu. „Kommst du mit?"

Dann drehte sie sich um und ging langsam über den Rasen. Einerseits hoffte sie, dass er ihr folgen würde, aber andererseits war sie auch furchtbar unsicher.

Doch er hatte sie in Windeseile eingeholt. „Pass auf, wo du hintrittst!" Er lief neben ihr her durch den inzwischen stockdunklen Garten. „Hier liegen überall Steine herum. Du könntest dich verletzen."

Er sagte das nur, um von seinem plötzlichen Impuls abzulenken, sie in seine Arme zu reißen und umgehend in sein Bett zu tragen. Er wollte sie so gern lieben, bis sie wusste, dass sie zu ihm gehörte.

Doch im gleichen Moment verwarf er den Gedanken und fragte sich, was eigentlich in ihm gefahren war. Wie sehr bloßes Verlangen die Gedanken eines Mannes durcheinander bringen konnte.

Mehrmals räusperte er sich. „Wir müssen uns unbedingt unterhalten. Es wird wirklich langsam Zeit." Es war notwendig, dass sie ihm gegenüber ihre wahre Identität zugab, über die er ja schon längst Bescheid wusste. Er wollte endlich alle Karten auf dem Tisch haben, damit sie sich danach über das merkwürdige Verhältnis zwischen ihnen unterhalten konnten.

Sie zuckte unwillkürlich zusammen und blieb wie angewurzelt stehen. Ein ernstes Gesicht passt jetzt überhaupt nicht zu meinen Plänen, dachte sie matt. Doch unverhofft legte er seine Arme um ihre Taille, und diese Berührung ließ sie augenblicklich erstarren. Julie konnte kein Wort mehr sagen, nur ein leises unterdrücktes Stöhnen entwich ihren Lippen, als er sie in seine Arme zog.

Die Hitze seines Körpers lähmte sie, nur ihr Herz raste wie verrückt. Gérald machte eine kleine Bewegung, als hätte er die Geduld mit sich selbst oder ihr oder beiden verloren, und neigte seinen Kopf, um ihre leicht geöffneten Lippen endlich auf seinem Mund zu spüren.

Der Kuss war lang und intensiv, und sie reagierte instinktiv auf diesem Moment der Zärtlichkeit und drängte sich dichter an ihn.

Wie kann ein Mann nur ein solches unbändiges Verlangen in mir auslösen, obwohl es gegen alle meine Prinzipien geht, dachte sie verstört. Was ist nur los mit mir? Die Gedanken schossen wild durch ihren Kopf. Er soll doch für mich entflammen, nicht umgekehrt!

5. KAPITEL

Julie wurde am nächsten Morgen recht unsanft von Gilberts Selbstgesprächen geweckt. „Na, wir sind aber ein Frühaufsteher", sagte Julie müde und stützte sich auf einen Ellenbogen. Halb Sieben, dachte sie, und der Kleine ist hellwach. Ganz im Gegensatz zu mir.

In der letzten Nacht hatte sie kaum geschlafen, aber sie war unheimlich dankbar, dass sie wenigstens allein die Nacht verbracht hatte. Gestern Abend war sie für einen Moment sicher gewesen, sie wäre völlig verrückt geworden und hatte die Nacht beinahe mit Gérald in seinem Bett verbracht. Allein der Gedanke daran ließ sie wieder erzittern und jagte ihr Schauer über den Rücken.

Er hatte am vorigen Abend schließlich doch seine Beherrschung verloren und ihren ganzen Körper mit Liebkosungen und Küssen übersät, bis sie völlig willenlos wurde. Wie durch dichten Nebel hatte seine Stimme schwer und heiser geklungen. „Siehst du, was du mit mir machst? Halt mich zurück, wenn es zu früh für dich ist! Aber tu es gleich, solange ich mich noch zusammenreißen kann!"

Er hatte zärtlich mit dem Daumen über ihre angeschwollenen, empfindsamen Brüste gestreichelt, und sie wollte in diesem Moment, nur noch mit ihm schlafen. Als ihr seine Worte endlich klar wurden, gefror ihr fast das Blut in den Adern, und sie wurde sich ihrer Situation wieder voll bewusst.

Sie hatte das Gefühl, ihr Herz wäre stehen geblieben, und brachte dann mühsam heraus: „Du hast recht, es ist zu früh ... viel zu früh. Es tut mir leid, Gérald!" Mit diesen Worten hatte sie sich von ihm losgerissen und war auf unsicheren Beinen über die Terrasse ins Haus geeilt. Dabei vermied sie es, ihn noch einmal anzusehen, um nicht sofort wieder in seine Arme zu laufen. Die Wirkung, die er auf sie hatte, war einfach zu stark.

Als sie sich von ihm losgerissen hatte, war ihr keineswegs entgangen, dass er fast schmerzerfüllt das Gesicht verzog und hörbar tief Luft holte. Also habe ich ihn wenigstens ein bisschen verletzt. Aber was soll *ich* denn sagen! Ich hätte beinahe mit einem verheirateten Mann geschlafen!

Beim bloßen Gedanken daran schüttelte sie fassungslos den Kopf.

Es ist wie verhext, urteilte sie. Ich habe das komische Gefühl, er hat magische Kräfte, mit denen er mich manipuliert.

Sie rieb sich die Augen und schwang sich entschlossen aus dem Bett. Unbedingt muss ich an etwas anderes denken. Und Gilbert ist die beste Ablenkung, die ich mir nur wünschen kann.

„So, mein Kleiner, wenn du schön leise bist, werden wir jetzt baden", versprach Julie und hob das Baby aus dem Bett. „Wir wollen doch deinen Papa nicht wecken, oder?"

Bloß nicht, fügte sie im Gedanken hinzu. Halb Sieben ist viel zu früh, um ihn gegenüberzutreten. Diese ganze Sache muss so schnell wie möglich vorbei sein, ich will mein eigenes Leben zurückhaben!

Außerdem wird das Spiel langsam gefährlich, denn ich fange an, seine Nähe und seine Berührungen zu genießen, obwohl ich soviel Unangenehmes über seinen Charakter weiß.

Und was noch viel schlimmer ist, ich will von ihm angefasst, geküsst und begehrt werden, und *ich* will ihn! Diese unbezwingbare sexuelle Anziehungskraft ist nicht gerade Teil meines Plans gewesen.

Je eher ich die ganze Sache hinter mich bringe, desto besser, erinnerte sie sich selbst und machte das Bad für Gilbert fertig. Sie versuchte, dabei so leise wie möglich zu sein.

„Sollen wir im Garten frühstücken?" flüsterte Julie, als sie Gilbert in die Küche trug. Wahrscheinlich muss ich heute den ganzen Tag mit Gérald flirten, nachdem ich gestern Abend einfach das Handtuch geworfen habe. Jetzt muss ich ihn wieder davon überzeugen, dass ich es mir anders überlegt habe und auf keinen Fall länger warten kann. Besser gesagt, ich kann noch einmal ganz von vorn anfangen!

„Pa-pa, Pa-pa!" Gilberts aufgeregte Schreie ließen Julie augenblicklich erstarren. Dabei habe ich so gehofft, dass er noch mindestens eine Stunde schlafen würde.

Als das Baby zu zappeln begann und die kleinen Arme nach seinem Vater ausstreckte, drehte Julie sich um und spürte dabei, wie ihr eine unerträgliche Hitze ins Gesicht schoss. Gérald war offensichtlich gerade auf dem Weg ins Badezimmer, dass sie mit Gilbert vorher besetzt hatte. Er war fast nackt und trug nur Boxershorts, die für ihr Empfinden viel zuviel nackte Haut zeigten. Der bloße Anblick seines kräftigen, muskulösen Körpers ließ Julies Mund ganz trocken werden.

„Guten Morgen!" Er wirkte unglaublich entspannt. Sicherlich hat er sich nicht die ganze Nacht um die Ohren geschlagen und sein Kissen zerknüllt, dachte Julie wütend.

Ihr Herz wurde schwer, als Gérald sie mit einem wohlwollenden Blick von oben bis unten betrachtete. Sie selbst trug nur Shorts und ein T-Shirt. Dann kam er einen Schritt auf sie zu und lehnte sich vor, um seinen Sohn auf die Wange zu küssen. Dabei war sein Gesicht Julie so nahe, dass sie jede einzelne seiner dichten, langen Wimpern und jede Pore seiner schön gebräunten Haut erkennen konnte.

Leicht stützte er sich auf ihrer Schulter ab, und für einen ganz kurzen Moment schienen sie alle drei zusammenzugehören. Die ganze Situation war so verworren und überwältigend zu gleich, dass Julie am liebsten geweint hätte.

„Habe ich richtig gehört, ihr wollt im Garten frühstücken? Klingt gut! Ich nehme Baguette und Kaffee. Vielleicht in einer Viertelstunde?"

Er trat zurück, und die Illusion von Familienzusammengehörigkeit war abrupt verschwunden. Dann lächelte er noch einmal breit und verschwand im Badezimmer.

Als Gérald später die Landhausküche betrat, hatte sie das Frühstück zwar vorbereitet, aber ihre Fassung hatte sie noch nicht wiedererlangt.

Er trug einen leichten Hellbeigen Sommeranzug mit einem blauen Hemd und seine nassen Haare, die er streng gescheitelt trug, kringelten sich im Nacken. Seine Männlichkeit überwältigte sie und sorgte wieder einmal dafür, dass sie sich zerstreut und dumm fühlte.

So dumm, dass sie nur verkrampft nicken konnte, als er ihr das Tablett mit dem Frühstück abnahm und sagte: „Ich werde es hinausbringen. Nimm du doch Gilbert, ja?"

Sie tat, was man ihr sagte, wie das jedes gute Kindermädchen tun würde. Aber sie wünschte sich, es nicht tun zu müssen. Ich will hier raus! Obwohl ich mich nicht beklagen darf, erinnerte sie sich scharf. Immerhin war dies meine eigene Idee, und ich habe ja wohl auch meine Gründe dafür gehabt.

„Weißt du, daran könnte ich mich gewöhnen." Gérald saß am Terrassentisch und nahm seinen Sohn auf den Schoß, während Julie sich Milch einschenkte. Das Wetter war traumhaft.

„Wer könnte das nicht? Bis es regnet oder der Winter kommt." Sie lächelte und zwang sich, besonders entspannt und natürlich zu wirken. Dann schenkte sie Gérald Kaffee ein und lehnte sich in ihren Stuhl zurück. „Aber du hast Recht, es ist ein wunderbarer Morgen, und der Garten ist wirklich hübsch. Wie wird er eigentlich gepflegt, wenn die Besitzer nur am

Wochenende hier sind?" Ich rede kompletten Unsinn, und er denkt mit Sicherheit das gleiche. Das sehe ich in seinen Augen und an einem spöttischen Lächeln.

„Ich glaube, ein bis zweimal die Woche kommt jemand aus dem Dorf, um hier das Nötigste zu erledigen", erklärte er, und sein Blick blieb an ihrem Mund haften. „Aber ich meinte gar nicht die Umgebung oder das schöne Wetter. Ich wollte sagen, ich könnte mich daran gewöhnen, dass wir drei zusammen sind."

Und was ist mit deiner Frau, du Ehebrecher - du Schuft! dachte Julie empört. Sie schluckte die Worte mit einem Schwall Milch hinunter. Na ja, du wirst dich später noch umgucken, und bis dahin muss ich einfach süß lächeln.

Der Gedanke an ihre bevorstehende Rache gab ihr die Kraft, weiter stillzuhalten. Sie reichte ihm hilfsbereit und fürsorglich das Baguette, welches sie für ihn mit Schinken belegt hatte. Wie kann ein Mann nur so gut aussehen und dennoch einen so miesem Charakter haben?

Sie ignorierte einfach seinen letzten Satz und fragte stattdessen in ruhigem Ton. „Willst du heute die übrigen Anwesen mit uns zusammen besichtigen? Soll ich etwas zu essen einpacken, oder wird das nicht nötig sein?"

Sie neigte den Kopf etwas zur Seite und sah ihn aus halbgeöffneten Augen an. Hoffentlich merkt er, dass das *zu früh* von letzter Nacht das *vielleicht* von heute sein soll.

Er betrachtete sie durchdringend und zuckte mit den Mundwinkeln, als wollte er etwas sagen, das er sich aber gerade noch verkniff. Dann atmete er tief durch und sagte schließlich: „Natürlich gehen wir zusammen. Ich packe ein paar Getränke und etwas zu essen ein, und du kannst dich um Gilberts Sachen kümmern!"

„Ich werde mir nichts mehr ansehen müssen!"

Das Anwesen mit dem Namen „Villa Emo", erbaut von einem bekannten und begnadeten italienischen Architekt, war einfach perfekt. Gérald wusste, dass er in hundert Jahren kein besseres Haus finden könnte, in dem Gilbert glücklich aufwachsen würde. Und der angrenzende Wald, die Blumenwiesen am Haus und die riesigen Gartenanlagen, die von einer Natursteinmauer eingegrenzt waren, waren geradezu ein Paradies für ein Kind.

Sie hatten zuletzt das gesamte Grundstück inspiziert und traten nun aus dem von hohen Hecken umschlossenen Rosengarten auf den geschwungenen Pfad, um zurück zum Haus zu gelangen. Das Haus erstrahlte in der architektonischen Pracht des neunzehnten Jahrhunderts.

„Magst du unser neues Heim, Gilbert?" Er stellte seinen kleinen Sohn auf den Boden, streckte sich dann und legte einen Arm um Julies Schultern. Es war eine lässige und doch intime Geste, die aber völlig natürlich erschien, als er fragte: „Und was ist mit dir? Was denkst du über das Haus, Julie?"

Meine Meinung ist wichtig? dachte sie verwundert. Warum sollte es wichtig sein, was ich denke?

„Es ist ... einfach phantastisch!" Was soll ich sonst sagen? Es *ist* phantastisch, und der ganze Tag erscheint mir wie ein einziger Traum. Wahnsinnigen Spaß hat es gemacht, durch den Dachboden und alle Räume des Hauses zu streifen und alles durchzustöbern, was die vorherigen Besitzer zurückgelassen haben.

Und das Gefühl an diesem scheinbar perfekten Tag mit ihm dicht an ihrer Seite dort auf dem Pfad zu stehen, während Gilbert vor ihren Füßen auf dem Rasen spielte, schnürte Julie fast die Kehle zu. Es ist alles eine große Lüge!

„Ganz genau!" Gérald hatte den unbezwingbaren Drang, sie in seine Arme zu ziehen und sie zu küssen. Und er musste jetzt endlich etwas dagegen tun. Es konnte so nicht weitergehen. Jedes Mal, wenn sie in seine Nähe kam, hatte er Probleme, seine Hände bei sich zu lassen.

Er trat einen Schritt zur Seite und steckte beide Hände tief in die Taschen seiner Hose. „Ich werde die Sachen aus dem Auto holen. Wir können unser Picknick auch genauso gut hier haben. Und dann kann ich gleich vom Autotelefon den Notar anrufen, und ihm sagen, dass wir genug gesehen haben. Jetzt, wo ich die Villa Emo kenne, hat es keinen Sinn, sich noch etwas anderes anzusehen."

Während er sprach, hatte er sich noch weiter von ihr entfernt, weil er sich in ihrer Nähe immer schwerer beherrschen konnte. Julie riss ihren Blick von ihm los und betrachtete das Kind, das gerade auf ein buntes Blumenbeet zu krabbelte.

„Gut, wir werden uns einen Platz im Schatten suchen", sagte sie fröhlich. „Wie wäre es zum Beispiel mit der großen Zypresse dort drüben neben dem Haus?" Sie wartete keine Antwort ab, sondern nahm Gilbert auf den Arm und drückte ihn fest an sich. Dann lief sie quer über den Rasen, in die Entgegengesetzte Richtung, in die er lief. Die Villa Emo stand seit einigen Monaten leer, und der Notar, der in diesem Fall auch als Immobilienmakler fungierte, hatte ihnen an diesem Morgen die Schlüssel für die Besichtigung gebracht. Aber Julie war die Situation mittlerweile unangenehm.

Dieses merkwürdige, falsche Gefühl einer Familie war den ganzen Tag in ihr herangewachsen, bis es schließlich unerträglich wurde. Die Gespräche, das Gelächter und die Aufregung über alles, was sie in dem Haus gefunden oder betrachtet hatten, wirkte nun wie ein verlogener goldener Schleier, der ihr eigentliches Verhältnis überdeckte.

„Runter!" quengelte Gilbert, und Julie stellte ihn auf den Boden und nahm die kleine Hand, die das Baby ihr vertrauensvoll entgegenstreckte.   Ich werde den Süßen furchtbar vermissen, dachte sie traurig.

Gérald tut vielleicht alles, um seinen Sohn ein perfektes Zuhause zugeben. Aber ich glaube immer noch, dass seine lockere Einstellung der Ehe gegenüber verantwortlich für die

92

Abwesenheit seiner Frau ist. Wenn es diese in Gold gerahmten Photographien nicht geben würde, könnte sie genauso gut gar nicht existieren.

Er hatte die beiden eingeholt, bevor sie im Schatten des Baumes angekommen waren. „Alles geregelt!" Er ging ein Stück voraus und breitete eine große Decke auf dem Boden aus. „Der Notar wird die weiteren Besichtigungstermine für heute Nachmittag absagen, und ich habe ihm gesagt, dass er sich wegen des Kaufvertrages mit meinen Anwälten in Verbindung setzen und sich dann bei mir melden soll. Heute Nachmittag, auf dem Rückweg, werden wir ihm die Schlüssel wieder vorbeibringen."

Er hatte sich auf das weiche Gras gesetzt und öffnete gerade die Kühltasche. „Nun macht mal ein bisschen schneller, ihr beiden!" sagte er scherzhaft und lächelte sie an. „Ich verhungere, also lasst uns essen und den Rest dieses schönen Tages genießen. Nachher würde ich mich gern noch einmal drinnen umsehen, bevor wir wieder losfahren."

„Warum?" Julie setzte Gilbert auf die Decke und ließ sich dann neben ihm nieder. „Willst du schon Maß für die Vorhänge nehmen?" Sie entschied sich absichtlich für eine fröhliche, oberflächliche Konversation, denn alles andere fiel ihr in diesem Moment zu schwer.

„Nein." Er grinste sie an. „Diese Dinge werde ich den Experten überlassen. Und da keine fähige, weibliche Hand zur Verfügung steht, werde ich wohl einen Innenarchitekten beauftragen. Aber der Job gehört dir, wenn du möchtest."

Julie ging gar nicht auf sein Angebot ein. Sie nahm das Butterbrötchen, das er ihr entgegenstreckte, und gab Gilbert die Hälfte davon ab. Ziemlich deutlich hat er klargestellt, dass seine Frau und er mehr oder weniger getrennt lebten, und vermutlich wird er den lieben langen Rest des wunderschönen Tages damit versuchen, das Kindermädchen seines Sohnes in sein Bett zu locken!

Und das bilde ich mir bestimmt nicht ein, dachte sie fest. Seine Blicke, seine Körpersprache und seine ständigen Anspielungen sind mehr als eindeutig. Außer dem kleinen Gilbert, der jetzt quasi zwischen uns sitzt, sind wir genau da, wo wir letzte Nacht aufgehört haben. Nur heute wird die Annäherung natürlich ein wenig mehr Zeit brauchen, weil das Kind dabei ist.

Warum bin ich letzte Nacht nur so schnell geflohen? dachte sie wütend und holte bei dem Gedanken tief Luft. Ich hätte die ganze Sache gleich durchziehen sollen!

Dabei kenne ich die Antwort ganz genau, stellte sie mürrisch fest. Wenn ich gestern Abend nur einen kleinen Schritt weitergegangen wäre, hätte ich mich selbst nicht mehr stoppen können. Jedes Mal, wenn er mich berührt oder so vielsagend anschaut, wie er es jetzt gerade tut, verwandele ich mich in einen willenlosen, kopflosen Idioten.

Das alles muss jetzt aufhören, urteilte sie entschlossen. Keine Spiele oder Flirts mehr! Heute noch werde ich ihm sagen, wer ich bin und was ich von ihm halte. Ich bin einfach gefühlsmäßig viel zu durcheinander.

6. KAPITEL

„Isst du nichts?" fragte Gérald und legte sich auf die Seite, um sich auszustrecken. Dann stütze er sich auf einen Ellenbogen und hatte sich ihr mit dieser Bewegung noch ein Stück genähert.

Sie antwortete ihm nicht, und er betrachtete nachdenklich ihre traurigen, blauen Augen und die weichen Lippen. Sofort durchströmte ihn wieder eine starke Erregung.

„Hast du keinen Hunger?"

„Ich ..." Sie betrachtete unschlüssig das Butterbrötchen in ihrer einen Hand und die kleine Tomate in ihrer anderen, dann legte sie beides auf ihre Seidenpapierserviette. „Nein. Ich glaube, ich habe keinen Appetit." Ihre Stimme klang sehr angespannt. Was soll ich nur machen? überlegte sie verzweifelt. Ich will nur weg von hier, weg von ihm und dieser furchtbaren Situation.

Sie wandte sich ab. Wenn ich doch nur nicht so wahnsinnig kurze Hosen tragen würde! Denn die Regeln des Spiels hatten sich jetzt geändert.

„Willst du dann wenigstens etwas trinken?" Ohne auf eine Antwort zu warten, schenkte er ihr Traubensaft in einen Pappbecher ein und reichte ihn ihr.

Sie nahm den Becher und achtete dabei genau darauf, dass sich ihre Hände nicht berührten. Dann trank sie einen kleinen Schluck und beobachtete ihn mit widerwillig wachsender Bewunderung dabei, wie er seinem kleinen Sohn beim Trinken half und ihm dann ein gemütliches Lager auf der Decke baute. Er streichelte Gilberts kleine Hände, bis seine riesigen blauen Augen langsam zufielen.

„Er ist nach dieser ganzen Aufregung und der vielen Bewegung in der frischen Luft völlig übermüdet. Ich bin froh, dass die Villa Emo zur richtigen Zeit auf dem Markt war, denn ich bin sicher, dass ich nichts annähernd so Perfektes gefunden hätte. Gilbert wird es lieben, hier zu leben", sagte er sanft und riss dann seinen Blick von dem schlafenden Baby los, um Julie anzusehen. „Und du, Julie? Wie würde es dir gefallen, hier auf dem Land zu leben?"

Es wäre ein wundervoller Platz zum Leben, aber was hat es für einen Sinn, darüber überhaupt nachzudenken? Ich habe ihm schon gesagt, dass ich keinen längerfristigen Auftrag annehmen würde. Warum sollte ich ihm also darauf antworten?

Sie zuckte desinteressiert die Achseln und dachte dabei schon an ganz andere Dinge. Sobald wie möglich werde ich ihm meine Meinung sagen und genau erklären, warum ich eigentlich hier bin. Die Idee gefällt mir zwar nicht besonders, aber ich bin es Catherine schuldig!

„Bevorzugst du das Stadtleben? Oder gibt es da etwa einen festen Freund, den du vermisst?" fragte Gérald weiter. Der Gedanke, dass es in ihrem Leben einen anderen Mann geben könnte, war ihm vorher noch nicht gekommen. Dabei wusste er gar nicht so genau, warum eigentlich nicht. Er war doch bestimmt nicht der einzige Mann auf der Erde, der sie unwiderstehlich fand.

Auf einmal spürte er, wie sich sein Magen schmerzhaft zusammenzog. Die Vorstellung, dass sie in den Armen eines anderen Mannes liegen könnte, war für ihn mehr als unerträglich.

„Also?" Sein Tonfall war schärfer, als er beabsichtigt hatte. Aber er wollte nicht, dass sie seine Frage jetzt ignorierte. Und offensichtlich hatte sie genau das vorgehabt. Er musste unbedingt wissen, ob es einen Mann in ihrem Leben gab.

Seine strenge Stimme brachte sie schließlich dazu, ihn abrupt anzusehen. Sie hatte zuvor auf eine kleine Baumgruppe in der Ferne gestarrt und sich dabei überlegt, was sie jetzt tun oder sagen sollte, um die Angelegenheit schnell hinter sich zu bringen.

Er sah sie so intensiv an, dass sie ihre Knie wie ein Schutzschild vor die Brust zog und beide Arme darumlegte. Dann betrachtete sie nachdenklich das schlafende Baby.

Am besten antworte ich auf seine Frage. Das gibt mir dann wenigstens noch ein bisschen Zeit, bevor ich hier die Bombe platzen lasse und es richtig Stress gibt.

„Ich denke nicht, dass meine Vorlieben hier zur Sache gehören. Aber es ist auch kein Staatsgeheimnis. Also, mir ist es egal, ob ich in der Stadt oder auf dem Land lebe. Und was einen festen Freund angeht ..." Herausfordernd sah sie ihn an. Jetzt brauche ich wenigstens nicht mehr zu lächeln oder ihn aus halbgeöffneten Augen anzusehen. Nicht mehr! Meine Pläne haben sich diesbezüglich glücklicherweise geändert. „Es gibt niemand Bestimmten und nichts Ernstes. Ab und zu eine Verabredung zum Essen oder in die Oper, das ist alles, wofür ich Zeit habe. Ich bin in erster Linie eine Karrierefrau. Aber das heißt nicht, dass ich gefühlskalt bin", fügte sie schnell hinzu.

„Ach, nein?" Er zog vielsagend eine Augenbraue hoch, und sie spürte, wie ihr Gesicht unangenehm heiß wurde.

Obwohl sie es gar nicht wollte, platzten die Worte aus ihr heraus: „Es ist so. Obwohl ich sie sehr liebe, ist meine Mutter trotzdem der Typ Frau, der allein nicht zurechtkommt. Sie hat jung geheiratet und war von meinem Vater abhängig, bis dieser ums Leben kam. Danach hat sie sich auf mich verlassen und in gewisser Weise sogar auf meine exzentrische Großmutter. Dabei will ich diese Rolle eigentlich gar nicht einnehmen. Ich möchte auf eigenen Beinen stehen und mein eigenes Leben führen, bevor ich überhaupt daran denke, es mit einem Mann zu teilen. Also, bevor ich nicht sicher weiß, wer ich wirklich bin und was ich alles erreichen will, geht meine Karriere eben vor."

„Wirklich?" Seine Augen blitzten, und er verzog den Mund zu einem spöttischen Lächeln. Es schien, als wäre er noch näher an sie herangerückt. Er hob jetzt seine Hand und strich mit den Fingern zärtlich über ihren Arm. Seine Berührung brachte sie so durcheinander, dass sie vergaß zu atmen, bis ihre Lunge schmerzte. „Und was ist deine Karriere? Ein Leben voller fremder Kinder, ohne jemals eigene zu bekommen?" Er streichelte jetzt ihre Schulter, und als sie protestierend den Mund öffnete, legte er seinen Finger auf ihre Lippen. Voller Panik riss sie die Augen auf und hielt die Luft an.

Er sah sie durchdringend an und rückte noch ein Stück näher. „Du hast mir erzählt, dass du nie länger als ein paar Wochen bei einer Familie bleibst, weil du dich sonst zu sehr an die Kinder gewöhnen würdest." Er spürte, wie sich ihr Mund unter seinen Fingern bewegte, und er hasste es in diesem Moment, sie so sehr zu quälen. Aber er musste einfach die Wahrheit aus ihr herausbekommen und fuhr deshalb gnadenlos fort: „Fällt dir denn da gar nichts auf?"

Er ließ seine Finger über ihr Kinn, den schlanken Hals hinuntergleiten und streichelte dann sanft den Ansatz ihrer Wohlgerundeten Brüste. Unter seinen Fingerspitzen fühlte er ihren Puls rasen.

„Zum Beispiel?" Ihre Frage kam instinktiv, aber sie brachte die Worte nur mühsam heraus. Seine Nähe und seine Berührung lähmten sie, und sie hatte keine Kraft mehr, sich dagegen zu wehren.

„Zum Beispiel, dass du dringend eigene Kinder brauchst."

Er wollte sie am liebsten sofort in seine Arme nehmen und ihren ganzen Körper erforschen. Aber vor allem konnte er es nicht abwarten, ihre Lippen wieder zu spüren. Und wenn er sich nicht stark täuschte, war sie auch bereit für ihn.

Gérald schob seine Hand in Julies Nacken und betrachtete ihre Augen, die ihm wie verschleierte Spiegel vorkamen. Ihre Lippen waren leicht geöffnet, und dieses Mal würde er sie nicht fragen, ob es noch zu früh sei.

Aber es wäre genauso falsch, in diesem Moment zu schnell zur Sache zu kommen. Er wollte sie nicht nur körperlich, sondern auch emotional erobern.

Sie hatten alle Zeit der Welt, und außerdem konnte nichts Schlimmes passieren, solange sein kleiner Sohn genau daneben lag.

Endlich neigte er ihr den Kopf entgegen und zog sie gleichzeitig ein wenig zu sich heran. Er wollte nur einen Kuss - sie schmecken und abwarten, was sich daraus entwickeln würde.

Sie seufzte leise, und ihr ganzer Körper schien sich auf eine sehr sexuelle Art und Weise anzuspannen, die ihn fast wahnsinnig machte. Dann legte sie ihre schmale Hand auf seine Brust und streichelte ihn dort, bis er dachte, er müsse verrückt werden. Ihre vollen, runden Brüste streiften seinen Oberkörper, und in diesem Moment schien ihn jede Vernunft zu verlassen.

Was tue ich hier eigentlich? dachte Julie fassungslos. Warum hat er gesagt, dass ich ein eigenes Baby brauche? Irgendwie hatte sie sein Kommentar tief berührt, und sie fühlte sich plötzlich bei ihm geborgen. Ich will hier bleiben, genau hier, mit ihm! urteilte sie leidenschaftlich.

Sie genoss das unbeschreibliche Gefühl, von ihm festgehalten zu werden und wie ihre Körper sich gegeneinanderpreßten. Die erotischen Bewegungen seiner Zunge in ihrem Mund lösten wahre Gefühlsimpulse in ihm aus, die unaufhörlich durch ihren Körper jagten.

Sie rollten sich zusammen auf das Gras, und Gérald lag jetzt schwer auf ihr. Doch unverhofft ließ er von ihr ab und strich ihr das zerzauste Haar aus dem Gesicht. Er sah sie so ernst und intensiv an, als könnte er ihre geheimsten Gedanken lesen. Nur mühsam brachte er mit heiserer Stimme die Worte heraus: „Julie, auf die Gefahr hin, dass du mich für verrückt hältst, aber ich glaube, ich habe mich in dich verliebt!"

Seine Worte wirkten auf sie, als würde man sie in eiskaltes Wasser werfen.

Er weiß doch gar nicht, wovon er da redet, mutmaßte sie aufgebracht. Männer wie er benutzen doch solche Lügen die ganze Zeit, um leichtgläubige Frauen damit in ihr Bett zu kriegen. Und selbst wenn er es ernst meint, hat er ja wohl immer noch seiner Ehefrau gegenüber eine gewisse Verantwortung!

Wie konnte ich mich nur in diesen verrückten Gedanken hineinsteigern und mich meinem Verlangen hingeben, wo ich doch genau weiß, was er für ein Mensch sein kann?

Sie schämte sich so sehr, dass sie ihn nicht einmal von sich wegschieben konnte. Und sie hatte auch große Mühe, ihre Sprache wieder zu finden. Ich muss ihn unbedingt mit einem harten Kommentar zur Ordnung rufen! Jetzt wird mir die Gelegenheit quasi auf einem silbernen Tablett serviert.

„Ich frage mich, was deine Frau dazu sagen würde, wenn sie dich jetzt hören könnte?"

Eigentlich hatte mein Plan ja inzwischen ganz anders ausgesehen, aber wenn sich die Situation nun einmal ergibt, muss ich das ja auch wohl ausnutzen, spekulierte sie. Aber sie war sich ihrer Sache eigentlich gar nicht mehr so sicher.

Gérald war erstarrt, und jeder Muskel seines durchtrainierten Körpers schien nun angespannt zu sein. Sie bemerkte, wie sein Gesicht blass und sein Blick finster wurde, bevor er sich von ihr wegschob und aufstand. Dann wandte er sich von ihr ab und fuhr sich mit einer hektischen Bewegung durch sein dichtes dunkles Haar.

Er konnte nicht glauben, dass sie das gerade gesagt hatte. Die erste Frau, die ihm das Gefühl gab, ein unreifer, verliebter Trottel zu sein, würde ohne Umschweife Sex mit einem verheirateten Mann haben. Sie wäre die erste Frau gewesen, die er in seinem Leben jemals wirklich geliebt hat.

Christine Delon hatte es offenbar versäumt, ihre Kollegin darüber aufzuklären, dass Gérald Baron de Gravelines mit seiner *Mutter* Baronesse de Gravelines aus Mauritius gekommen war, nicht mit seiner Ehefrau. Seine Mutter besuchte zurzeit einige Verwandte in der Nähe von Paris.

Julie hatte auf jede seiner Annäherungen reagiert und ihm gegenüber sogar *selbst* ihre eindeutigen Absichten klargemacht. Und die ganze Zeit war sie davon ausgegangen, dass er ein verheirateter Mann war.

Er war unglaublich wütend auf sie beide. Auf sich selbst, weil er sie für etwas ganz Besonderes gehalten hatte, und auf sie, weil sie das offensichtlich auch war!

7. KAPITEL

„Maxima, meine Frau, starb, bevor Gilbert zwei Monate alt war." Er schleuderte ihr diesen Satz mit ausdrucksloser Miene entgegen. Seine gesamte Haltung drückte jetzt pure Abneigung aus.

Leise ging er zu seinem schlafenden Sohn, hob ihn auf und wiegte ihn in seinen Armen. Er bewegte kaum die Lippen, als er mit eisernem Tonfall sagte: „Würdest du bitte alles zusammenpacken? Wir gehen! Ich werde beim Wagen auf dich warten."

Julie sah ihn fassungslos nach, als er fortging. Ihr war unglaublich übel, und ihr Herz raste wie wild. Der warme, ruhige Sommernachmittag kam ihr auf einmal unerträglich heiß und stickig vor.

Seine Frau ist tot. Und ich habe ihn die ganze Zeit für einen Weiberhelden gehalten, der seine von der Ehe enttäuschte Frau wieder zurück in ihre vernachlässigte Karriere gedrängt hat. Ein Mann, der ein Verhältnis mit seiner Sekretärin und sogar mit seinem Kindermädchen haben würde.

Aber er hat gar keine Frau. Gérald Baron de Gravelines ist, seit über einem Jahr Witwer und zugleich allein erziehender Vater. Julie war geschockt.

Sie wusste, dass sie ihm furchtbar Unrecht getan hatte, und es tat ihr aufrichtig leid. Aber zu meiner Verteidigung kann ich sagen, dass wirklich niemand, Gérald eingeschlossen, mir die Situation erklärt hat. Und über wen hatte diese aufdringliche Véronique dann gesprochen, als sie Baronesse de Gravelines erwähnt hatte?

Lustlos packte sie die Überreste des Picknicks zusammen, faltete die Decke und machte sich auf dem Weg zum Auto. Was habe ich bloß gesagt, überlegte sie verzweifelt. Jetzt möchte er sich noch nicht einmal das Haus ein zweites Mal ansehen. Dabei hätte ich wirklich Lust gehabt, aber er kann ja jetzt gar nicht schnell genug nach Hause kommen.

Ob er Maxima so sehr geliebt hat? So sehr, dass die bloße Erwähnung ihres Namens ihn selbst nach so langer Zeit immer noch so tief trifft?

Als sie das Fahrzeug erreichte, nahm er ihr mit ausdrucksloser Miene die Sachen ab. Sie fühlte sich furchtbar schlecht und sagte mit leiser Stimme: „Gérald, es tut mir leid!"

Abgesehen von dem, was er Catherine angetan hat, tut es mir wirklich leid, dass ich ihn so vollkommen falsch eingeschätzt habe. Und dass ich ihn durch meine blöde Bemerkung, wieder an seinen sicherlich tragischen Verlust erinnern musste.

Julie war verwirrt und wusste nicht mehr, was sie von Gérald halten sollte. Erst recht nicht, als er plötzlich sagte: „Sobald wir das Landhaus saubergemacht haben, fahren wir zurück nach Nizza." Er hatte Gilbert schon in seinen Kindersitz angeschnallt und hielt nun ungeduldig die Beifahrertür auf, damit sie einsteigen konnte.

Fragend sah sie ihn an, doch als er nur geradeaus starrte, zuckte sie mit den Achseln und setzte sich ins Auto. Sie sah gedankenverloren durch die Windschutzscheibe in die Ferne, bis auch er eingestiegen war und den Motor startete.

Er sah sich nicht einmal mehr nach seinem neuen Haus um, als er den großen Wagen wendete und mit durchdrehenden Reifen die Auffahrt hinunter zur Straße fuhr.

Julie entschied sich, das unangenehme Schweigen zu brechen. „Ich wusste nicht, dass du ein allein erziehender Vater bist. Mir hat niemand gesagt, dass du deshalb ein Kindermädchen engagiert hast. Denn sonst hätte ich auch nie deine Frau erwähnt, wenn ich gewusst hätte, dass sie ... tot ist." Sie spürte, dass sie rot wurde.

„Davon bin ich ausgegangen." Sein Ton war trocken und messerscharf. „Wie auch immer, wenn ich mal gründlich darüber nachdenke, komme ich allein ganz gut zurecht. Heute Abend, wenn wir wieder zurück im Hotel sind, ist das Arbeitsverhältnis aufgelöst. Du kannst zurück zu deiner Agentur fahren und dort den Papierkram machen oder was du sonst normalerweise dort tun würdest. Wenn du darin allerdings genauso schlecht bist wie als Kindermädchen, ist die *Agence du Soleil* mit absoluter Sicherheit dem baldigen Untergang geweiht."

Julie riss die Augen auf. „Du hast es gewusst", murmelte sie und bemühte sich verzweifelt, ruhig zu atmen.

„Natürlich, von Anfang an."

„Und du hast nichts gesagt?" Ich schmiede hier meine Rachepläne und bin so dumm zu glauben, dass er mich nicht mit Catherine in Verbindung bringen kann. Wie konnte ich das nur denken?

„Ich habe darauf gewartet, dass du mir von selbst erzählst, warum du versuchst, als Kindermädchen extra Geld zu verdienen. Ich nehme an, die Agentur hat finanzielle Schwierigkeiten?"

Sie ignorierte seine Frage. Es schien ohnehin nicht mehr wichtig zu sein. „Du meinst, ich bin gefeuert?"

Einfach so, ohne einen triftigen Grund? Wegen meiner Inkompetenz kann es nicht sein, denn dann hätte er mich schon nach fünf Minuten entlassen!

Ich habe diesen Job nur aus einem einzigen Grund angenommen, ging es ihr durch den Kopf. Um ihm doppelt und dreifach heimzuzahlen, was er Catherine angetan hat, und dann einfach zu verschwinden. Aber so, wie die Dinge jetzt liegen, bin ich die einzige Geschädigte. Und ich verschwinde auch nicht einfach, sondern ich werde auch noch rausgeworfen! fügte sie zerknirscht hinzu.

„Das habe ich doch schon gesagt. Aber ich werde dich noch nach Nizza zurückfahren."

„Wie großzügig!" sagte sie sarkastisch und spürte, wie sich ihr die Kehle zuschnürte. Tränen stiegen ihr in die Augen, und sie wandte sich schnell ab und betrachtete nachdenklich die wilde Landschaft um sie herum.

Ich darf ihm keinesfalls zeigen, wie sehr mich seine Worte treffen, entschied sie entschlossen. Er hat von Anfang an gewusst, dass ich kein professionelles Kindermädchen bin. Und jetzt wirft er mich nur heraus, weil ich seine Frau erwähnt habe. Aber das macht doch überhaupt gar keinen Sinn.

Erst küsst er mich leidenschaftlich und erzählt mir mit aufrichtiger Miene, dass er sich in mich verliebt hat. Und im nächsten Augenblick benimmt er sich, als wäre ich sein schlimmster Feind. Also brauche ich ihm sein Liebesgeflüster wohl auch nicht abzunehmen.

Aber besonders schlimm ist, dass er in der letzten Zeit furchtbar wichtig für mich geworden ist, obwohl ich gewusst habe, dass er verheiratet ist!

Jetzt ist eh alles egal! Was immer dazu beigetragen hat, dass diese ganze Situation derart eskaliert ist. Ich kann es jetzt ohnehin nicht mehr ändern!

„Während du deine Sachen packst, werde ich mich um alles andere kümmern", sagte Gérald kalt, als er den Wagen vor dem alten Haus anhielt. Sie drehte sich zu ihm um und starte unwillkürlich wieder auf seinen Mund.

Wenn ich herausfinden will, wieso er sich urplötzlich so gewandelt hat, muss ich ihn wohl direkt fragen. Sie holte tief Luft und befeuchtete ihre Lippen. Hoffentlich klingt meine Stimme jetzt nicht viel zu heiser.

Sein Blick wurde mit einem Mal ärgerlich, und er griff nach seinem Autotelefon. Dann sagte er ungeduldig: „Hast du vergessen, wie man seine Beine benutzt? Ich muss hier ein Privatgespräch führen."

„Ach, du kannst mich mal!" platzte Julie ungehalten heraus. Sie kletterte aus dem Auto und ging wütend zur Eingangstür.

Dieser Gefühlsausbruch, auch wenn er unbeschreiblich kindisch war, half ihr in diesem Moment sehr. Sie dachte nicht mehr daran, wie unwiderstehlich sie ihn fand und dass sie permanent weinen könnte, weil ihre Gefühle sie in jeder Hinsicht überwältigten. Jetzt habe ich alle idiotischen Illusionen mit der guten alten Wut verdrängt!

Sie hatte in dem Haus blitzschnell ihre Sachen in eine Sporttasche gestopft und die Betten abgezogen. Dann packte sie

Filou und noch ein paar von Gilberts Sachen dazu, und ihre Augen füllten sich sofort wieder mit Tränen.

Ich werde den Kleinen so vermissen, dachte sie traurig. Sie hatte Gilbert vom ersten Augenblick an in ihr Herz geschlossen.

Wütend auf sich selbst, brachte sie die Taschen in die Halle, damit Gérald sie fand und darüber stolperte. Jedenfalls hoffte sie, dass er stolpern würde! Dann ging sie in den Garten und wartete dort, bis er ihre endgültige Abfahrt vorbereitet hatte.

Die Rückfahrt nach Nizza war ein Alptraum. Gilbert quengelte, weil ihm langweilig und zu heiß war. Und Julie tat ihr Bestes, um ihn bei Laune zu halten.

Der Verkehr wurde immer schlimmer und dichter, je näher sie der Stadt kamen. Julie wünschte sich augenblicklich zurück aufs Land, wo die Luft klar und frisch war und wo man unendliche Ruhe hatte.

Gérald hatte auf dem ganzen Heimweg kein einziges Wort mit ihr gesprochen. Jetzt standen sie auf dem Bürgersteig vor seinem Hotel.

Seufzend nahm Julie Gilbert auf den Arm und strich ihm die Strähnen aus dem verschwitzten Gesicht. Am liebsten würde ich die Zeit zurückdrehen, dachte sie traurig, als Gérald mich noch in den Armen gehalten und mir gesagt hat, dass er sich verliebt hat.

Ihre eigenen Gedanken machten sie unruhig. Habe ich mich etwa auch in ihn verliebt? Das einzige, was mich bis jetzt davon abgehalten hat, war der Gedanke an seine Ehefrau.

„So, mein Kleiner!" Julie brachte mühsam ein Lächeln zustande und versuchte, den dicken Kloß in ihrem Hals herunterzuschlucken. „Wir gehen jetzt nach oben und bereiten ein erfrischendes Bad für dich vor. Klingt das gut?"

Gérald hatte ihr den Schlüssel zur Suite gegeben, und ihr gesagt, dass sie dort mit Gilbert auf ihn warten sollte. Dann war er mit dem Auto in die Tiefgarage des Hotels gefahren.

Sie kitzelte das Baby mit einem Finger auf dem Bauch, und der Kleine quiekte vergnügt und kicherte den ganzen Weg hinauf bis zur Suite. Es war für Julie eine willkommene Ablenkung von ihren düsteren Gedanken und der Feindseligkeit, die Gérald ihr entgegenbrachte.

Ich mag gar nicht daran denken, wie sehr ich diesen Mann und sein Kind vermissen werde. Ich muss mich jetzt darauf konzentrieren, wieder mein eigenes, geordnetes Leben zu führen, ohne das Gérald mich permanent durcheinander bringt.

Aber bevor ich gehe, werde ich ihm sagen, warum ich diesen Job eigentlich angenommen habe. Ich erkläre ihm alles über Catherine und was passiert war, nachdem er sie fallengelassen hat. Er muss es schließlich einmal wissen, meinte sie entschlossen.

Ich will ihn ja gar nicht mehr bestrafen, sondern nur eine Erklärung abgeben und mich entschuldigen.

Neben seiner unberechenbaren sexuellen Ausstrahlung wusste sie auch die Wärme und Fürsorge zu schätzen, die er seinem Sohn und manchmal auch ihr entgegenbrachte. Und außerdem war er nicht im Mindesten so arrogant, wie sie es von vielen anderen erfolgreichen Männern gewohnt war.

Abgesehen von seiner Reaktion, als ich seine Frau erwähnte, und dieser hinterhältigen Nummer, einer Frau die wahre Liebe vorzuspielen, scheint Gérald Baron de Gravelines perfekt zu sein. Sie war von ihrer eigenen Schlussfolgerung überrascht.

Ich kann mir kaum vorstellen, dass er irgendjemand wehtun könnte. Vielleicht hat er ja gar nicht gemerkt, wie sehr Catherine sich in ihn verliebt hatte. Oder vielleicht hat Catherine die ganze Geschichte zu sehr dramatisiert. Das wäre ja schließlich nicht das erste Mal, fügte Julie grimmig hinzu.

Als sie die Tür zur Suite aufschloss, klingelte drinnen schon das Telefon. Sie stützte Gilbert auf ihre Hüfte und nahm den Hörer ab.

„Großmutter?" Julie runzelte die Stirn. „Ist irgendetwas passiert?"

„Natürlich ist etwas passiert! Warum sollte ich dich sonst anrufen?

Ich versuche dich schon seit heute Vormittag zu erreichen. Du musst sofort herkommen! Deine Mutter hatte einen Autounfall und liegt auf der Intensivstation. Clinique du Golfe in St. Tropez, und es sieht momentan gar nicht so gut aus. Du musst wirklich sofort hierher kommen." Julie versuchte zu sprechen, aber sie konnte nicht. Ihr Brustkorb war wie zugeschnürt, und der ganze Raum schien sich um sie herum zu drehen. Wie durch dichten Nebel bemerkte sie Gérald, der in diesem Moment den Raum betrat.

„Juliette? Hörst du mir überhaupt noch zu?"

Der strenge Ton ihrer Großmutter brachte sie wieder zu Bewusstsein, und sie antwortete matt: „Ich bin so schnell da, wie ich kann." Julie sah Gérald mit großen Augen an, als er ihr den kleinen Gilbert abnahm.

„Gut!" antwortete Patricia schroff. „Und ist der junge Gravelines auch da? Wenn ja, dann muss ich ihn sprechen - und zwar sofort!"

Wieso will sie mit ihm sprechen, überlegte Julie, war aber zu geschockt, um sich weitere Gedanken darüber zu machen. Also reichte sie einfach den Hörer weiter und rieb sich dann mit den Fingerspitzen ihre Schläfen. Was geht schneller, überlegte Julie angestrengt. Soll ich mir ein Taxi nehmen oder mein eigenes Auto holen?

Gérald legte einen Moment später den Hörer auf, und Julie wollte gleich danach greifen.

„Kann ich eben ein Taxi anrufen? Ich muss sofort ins Krankenhaus nach St. Tropez fahren. Ich werde dann später mein eigenes Auto abholen."

„Noch einen Moment." Er setzte Gilbert auf den Boden und betrachtete dann besorgt Julies blasses Gesicht. „Nur zwei Minuten. Ich muss noch zwei, drei Telefonate führen, und dann werde ich dich zum Krankenhaus fahren."

Wie egoistisch kann man sich eigentlich benehmen? meinte sie wütend. „Ich kann das nicht glauben!"

„Vertrau mir!" Er begann eine Nummer zu wählen, und Julie drehte sich zähneknirschend um. Dann nahm sie Gilbert auf den Arm und verschwand im Schlafzimmer. Wenigstens kann ich die Zeit nutzen, um mich Frischzumachen und umzuziehen. Hoffentlich kommt Catherine einigermaßen gut mit der Sache klar und sitzt bei Mutter im Krankenhaus, anstatt sich zu Hause in der Ecke zu verkriechen und zu weinen. Ich muss unbedingt so schnell wie möglich dort sein und sie unterstützen, denn allein wird sie das mit Sicherheit nicht durchstehen.

Julie war furchtbar sauer, weil Gérald noch immer telefonierte. Wahrscheinlich ruft er seinen Notar an, um den Kaufvertrag für die Villa Emo vorzubereiten. Und natürlich diese aufdringliche Véronique, damit sie hierher kommt und ihm Gesellschaft leistet, urteilte sie abfällig. Ich hätte doch nur eine Minute gebraucht, wenn überhaupt, um ein Taxi zu rufen.

„Alles wird gut ..."

„Kannst du nicht anklopfen?" zischte sie gereizt, als Gérald unverhofft hinter ihr auftauchte. Erst kann ich mir nicht einmal ein Taxi rufen, und dann meint er, alles wird gut werden. Von wegen! Sie wollte so gerne von ihm in die Arme genommen und getröstet werden, anstatt diejenige zu sein, die anderen immer Kraft geben musste.

„Julie, alles ist in Ordnung. Versprochen!" sagte er beruhigend. Mit Tränen in den Augen sah sie ihn misstrauisch an. „Ich habe im Krankenhaus angerufen, und mich über den Stand der Dinge informiert", erklärte er: „Patricia hat mir gesagt, dass es Hoffnung für deine Mutter gibt. Ich nehme an, sie hat dir das gleiche erzählt, und deshalb musste ich das noch einmal überprüfen."

Er sah sie durchdringend an. „Der Unfall ist heute Morgen passiert. Sie war sofort bewusstlos, aber jetzt ist sie wieder aufgewacht, und es geht ihr gut, abgesehen von ein paar gebrochenen Rippen, einigen Prellungen, Schürfwunden und einer Gehirnerschütterung. Sie ist auch nicht mehr auf der Intensivstation. Es ..."

Gérald stützte sie sofort, als sie vor Erleichterung das Gleichgewicht verlor. Dann trug er sie ins Wohnzimmer zum Sofa und legte sie vorsichtig ab.

„Es geht nicht mehr um Leben und Tod, das verspreche ich dir. Die Ärzte haben ihr ein Beruhigungsmittel gegeben, sie schläft erst einmal. Momentan kannst du sowieso nicht viel ausrichten. Also, ruhe dich erst einmal für eine halbe Stunde aus. Bis dahin wird meine Mutter hier sein. Ich habe auch sie gerade eben angerufen, damit sie hier auf Gilbert aufpasst, während ich dich ins Krankenhaus fahre. Der TGV wird gleich da sein, und sie wird sich ein Taxi ins Hotel nehmen.

Jetzt strömten Julie die Tränen über das Gesicht. Wie konnte ich ihn nur wieder so falsch einschätzen? dachte sie. Er hat Ruhe bewahrt und sich sofort um alles gekümmert.

Sie lächelte ihn unsicher an. „Ich hätte eigentlich selbst darauf kommen müssen, dass Großmutter etwas übertrieben hat. Ich kenne sie ja viel besser als du, und sie hat schon immer jede Situation dramatisiert."

Das hat Catherine wohl von ihr geerbt, überlegte sie im Stillen. Doch im Gegensatz zu Großmutter, die sich immer besonders stark darstellt, will Catherine immer unter ihren selbst inszenierten Dramen leiden.

„Und du musst mich wirklich nicht fahren. Ich kann mir genauso gut ein Taxi oder meinen eigenen Wagen holen. Du hast ja selbst gesagt, dass es meiner Mutter schon wieder besser geht." Sie stand auf, aber ihr war noch immer etwas schwindelig. „Ich könnte schon längst auf dem Weg nach St. Tropez sein ..." fügte sie mit fester Stimme hinzu.

„Bleib, wo du bist!" Er legte ihr die Hand auf die Schulter und drückte sie sanft zurück in die Kissen. „Deine Großmutter ist ziemlich außer sich. Ich glaube, der Unfall deiner Mutter hat ihr ihre eigene Sterblichkeit wieder vor Augen geführt. Sie will sofort Verfügung über alle Treuhandfonds und Festgeldkonten haben, die mein Vater für sie gegründet hat. Davon wusstest du doch, oder? Er und dein Großvater waren alte Freunde." Er trat einen Schritt zurück und betrachtete sie. Anscheinend befürchtete er, dass sie wieder aufstehen wollte. „Also kann ich gleich zwei Fliegen mit einer Klappe schlagen. Wenn ich dich nämlich zum Krankenhaus fahre, kann ich sofort herausfinden, was sie jetzt mit ihrem Kapital anfangen möchte. Außerdem hast du einen Schock, also tu dir selber einen Gefallen, und entspann dich! Ich werde uns inzwischen erst einmal einen starken Kaffee besorgen."

Mit diesen Worten ging er zum Telefon, um Kaffee und eine Milch für Gilbert zu bestellen. Seine Mutter wollte innerhalb der nächsten halben Stunde vorbeikommen, und bis dahin musste er versuchen, seine Gefühle im Griff zu halten.

Auf dem Rückweg nach Nizza hatte er die Minuten gezählt, bis Julie endlich aus seinem Leben verschwunden war. Er konnte und wollte einfach nicht glauben, dass er sich so sehr in ihr getäuscht und angenommen hatte, dass er sogar in sie verliebt sei. Dass sich eine Frau so willig in die Arme eines Mannes begibt, den sie für einen verheirateten Vater hält, war für ihn wie ein Schlag ins Gesicht. Er fühlte sich zutiefst in seiner Ehre und seinem Stolz verletzt und betrogen, als hätte er unter einer reizenden Oberfläche einen fruchtbaren, falschen Charakter entdeckt.

Aber trotzdem konnte er sie jetzt auf keinen Fall alleine lassen, wo sie sich solche Sorgen um ihre Mutter machte. Und wie er ihre Schwester Catherine in Erinnerung hatte, würde diese hysterische Ziege eher eine Belastung als eine Hilfe sein.

Abgesehen davon musste er ohnehin so bald wie möglich die alte Patricia de Rougepeyre besuchen. Und je eher er dies alles hinter sich brachte, desto schneller konnte er die ganze Familie vergessen, und Julie aus seinem Gedächtnis streichen - für immer!

Julie rieb sich nachdenklich die Stirn. Also ist offensichtlich die Baronesse de Gravelines, von der Véronique gesprochen hatte, seine Mutter. Und ich frage ihn noch, ob er nicht die Zustimmung seiner Frau einholen will bevor er ein Haus kauft. Und Madame de Gravelines ist nur einen Monat im Jahr hier in der Provence.

„Deine Mutter lebt also nicht hier?" fragte Julie und wunderte sich, dass er so angespannt wirkte. Irgendetwas macht ihm schwer zu schaffen, stellte sie fest. Aber da wir jetzt einige Zeit miteinander verbringen müssen, bringt es nichts, noch einmal über meine Entlassung zu sprechen.

„Nein." Er brachte dieses Wort nur mühsam heraus. Gilbert hatte offenbar keine Lust mehr, auf dem Teppich herumzukrabbeln, und war auf Julies Schoß geklettert. Jetzt legte er seine kleinen Arme um Julies Hals und drückte seinen Kopf unter das Kinn.

Gérald konnte den Anblick der beiden kaum ertragen, aber er wollte seinen Blick auch nicht abwenden. Am liebsten wäre es ihm, wenn er sie und sein Kind für immer versorgen und beschützen könnte. Aber dieser Gedanke war natürlich höchst unrealistisch.

Er räusperte sich und rief laut: „Herein!", als der Zimmerkellner an die Tür klopfte. Dann beantwortete er Julies Frage.

„Hélène, meine Mutter, ist nach dem Tod meines Vaters wieder nach Mauritius gezogen. Sie ist dort geboren. Ihr Vater war Diplomat. Bis dahin hatte sie mit meinem Vater in der Nähe von Biarritz gewohnt. Möchtest du Kaffee?"

Er reichte ihr eine Tasse, ohne eine Antwort abzuwarten, und gab seinem Sohn dann einen Becher mit Milch. „Sie ist mit uns hierher gekommen, um Freunde und Verwandte zu besuchen. Und natürlich ist sie auch glücklich, wenn sie mal für ein paar Tage auf Gilbert aufpassen kann, falls ich weg muss, um für deine Großmutter die Finanzen zu regeln."

Er sah sie nachdenklich an, während sie geistesabwesend ihren Kaffee trank. Patricia de Rougepeyre hatte zu ihm gesagt, dass ihre ältere Enkelin noch aus altem Holz geschnitzt sei. Er fand zwar auch, dass Julie eine starke, intelligente Frau war, aber leider hatte er auch herausgefunden, dass sie ziemlich verwerfliche Moralvorstellungen hatte.

Und in den nächsten Stunden musste er sich um jeden Preis zwingen, das im Gedächtnis zu behalten.

8. KAPITEL

Gérald badete gerade das Baby als Hélène de Gravelines im Hotel ankam.

„Gilbert hatte einen sehr anstrengenden Tag", erklärte Julie.

„Gérald dachte, es wäre das Beste, ihn ins Bett zu bringen, bevor wir gehen. Denn wenn er wüsste, dass Sie hierher kommen, würde er aufgeregt sein und gar nicht mehr schlafen."

„Oh, der kleine Süße!" Hélène ließ sich auf die Couch fallen und richtete mit geübten Handgriffen ihre grauen Locken. „Er hat natürlich absolut Recht. Aber ich habe den kleinen Schatz schrecklich vermisst. Sie müssen wissen, dass ich Gérald von Anfang an dabei geholfen habe, ihn aufzuziehen. Die arme Maxima war viel zu krank. Oh, ist das da frischer Kaffee in der Kanne?"

„Nein, aber ich kann sofort neuen bestellen."

„Oh, machen sie sich doch keine Mühe." Sie nahm sich eines der Plätzchen, die mit dem Kaffee serviert worden waren. „Wenn Sie mir vielleicht einen Drink machen könnten, das wäre sehr nett. Und dann erzählen Sie mir, wie es kommt, dass Sie für meinen Sohn arbeiten. Ich war angenehm überrascht, als er mir erzählte, dass er so schnell ein Kindermädchen für Gilbert gefunden hat. Er kann zwar sehr gut mit ihm umgehen, aber leider hat er natürlich nicht vierundzwanzig Stunden am Tag für ihn Zeit, nicht wahr? Und sagen Sie mir ehrlich, was Sie von diesem Anwesen halten, was er kaufen möchte! Er hat mich am frühen Nachmittag angerufen und mir davon erzählt."

Hélène de Gravelines war so offen und freundlich, dass Julie praktisch die Worte fehlten. Schade, dass ihr Sohn nichts von dieser Offenheit geerbt hatte, denn dann wüsste ich jetzt schon, warum er sich so merkwürdig verhält.

Anscheinend hat er seine Mutter vom Autotelefon aus angerufen, als er sie ins Haus geschickt hatte, um ein Privatgespräch zu führen. Vielleicht hatte er ihr von der Villa Emo erzählt, aber offensichtlich hat er verschwiegen, dass er sein neues

Kindermädchen gefeuert hat. Aber ich werde es jetzt bestimmt nicht erwähnen.

„Ich glaube, Sie werden das Haus lieben, wenn Sie es sehen."

Julie stellte den Drink auf den marmornen Couchtisch. „Und ihr Sohn ist fest davon überzeugt, dass es für den kleinen Gilbert der beste Ort ist, an dem man aufwachsen kann. Vielleicht werden Sie es sogar so sehr lieben, dass Sie selbst dort wohnen wollen?"

Vermutlich hätte ich das nicht sagen sollen, als ihr einfiel, dass es sie ja eigentlich gar nichts anging. Aber der Gedanke, dass Géralds kleiner Sohn seine Großmutter um sich haben könnte, während sein Vater arbeiten musste, war einfach zu schön gewesen. Julie konnte den Gedanken nicht ertragen, dass der kleine Junge nur von fremden Leuten großgezogen werden sollte.

„Nein, ich will gar nicht in Frankreich leben. Natürlich komme ich zu Besuch. Bestimmt für ein paar Monate im Jahr. Nennen Sie mich egoistisch, aber ich habe mein eigenes Leben, mein Heim, Familie und Freunde auf Mauritius! Und Gérald und Gilbert haben ihr Leben hier. Es war Géralds Entscheidung, in seine Heimat zurückzukommen und hier ein Zuhause für beide aufzubauen. Natürlich war es ganz klar, dass er Maxima nach der

Hochzeit zu mir bringen musste. Da wussten wir ja schon, dass sie so schrecklich krank war." Hélène klopfte auf den Couchplatz neben sich. „Bitte setzen Sie sich doch hin, während Sie auf Gérald warten. Und erzählen Sie mir alles über sich."

Es war eine freundliche Einladung, aber Julie hatte wieder das Gefühl, sie nicht annehmen zu können.

Wie kann ich dieser lieben, freundlichen Seele erklären, dass ich überhaupt kein Kindermädchen bin, sondern mich nur an ihrem Sohn rächen wollte? Und ich will auch keine Lügen mehr erzählen. Daher sagte sie: „Mir wäre lieber, wenn Sie mir von Gilberts Mutter erzählen würden."

Sie wollte nicht von Maxima als *Géralds Ehefrau* sprechen, weil das nicht zu dem Gefühl passen würde, das sie ihm gegenüber hatte. Er sollte zu *ihr* gehören und nicht zu jemand anderem.

Und wenn ich endlich mehr über Maxima di Stefano, dieser großartigen spanischen Sängerin, höre und erfahre, was mit ihr passiert ist, bin ich ihm vielleicht auch etwas näher. Am allerliebsten würde ich sowieso alles über sein Leben wissen.

„Also hat Gérald Ihnen gar nicht die Einzelheiten erzählt?" Hélène nahm nachdenklich einen Schluck aus ihrem Glas, dann stellte sie den Drink ab und nickte langsam. „Er spricht nicht gern darüber, und wenn man die Umstände näher betrachtet, ist das nur allzu verständlich. So eine furchtbare Tragödie."

Ihr Blick schweifte zu den in Gold gerahmten Photographien. „Sie sah so reizend aus, nicht wahr? Gérald hat darauf bestanden, dass diese Photos immer in Gilberts Nähe stehen, damit er weiß, wie seine Mutter ausgesehen hat. Anscheinend ist sie unverhofft zu sehr viel Ruhm gekommen und hätte eine große Zukunft in der Welt der klassischen Musik gehabt."

Sie seufzte tief und schüttelte den Kopf. „Maxima hätte niemals gewollt, dass die Öffentlichkeit die ganze Wahrheit erfährt. Besonders in ihrem Geburtsland Spanien wollte sie, dass die Menschen sie als jung, schön und erfolgreich in Erinnerung behalten. Aber als Gilberts Kindermädchen haben Sie meiner Meinung nach ein Recht darauf, die näheren Begebenheiten zu erfahren. Wenigstens sollten Sie über diese schreckliche Krankheit Bescheid wissen, die sie das Leben gekostet hat."

„Na ja, nicht wenn es persönlich oder privat ist", meinte Julie. Sie fühlte sich absolut schrecklich. Ich habe doch nicht das geringste Recht, irgendetwas zu erfahren! Ich muss Hélène de

Gravelines unbedingt gestehen, dass ich gar nicht mehr bei ihrem Sohn beschäftigt bin.

„Er schlaft tief und fest." Gérald betrat mit großen Schritten das Zimmer und knöpfte sich dabei sein Hemd zu. Dann umarmte er herzlichst seine Mutter zur Begrüßung. „Danke fürs Kommen. Ich hätte dich nicht gebeten, wenn es nicht wichtig gewesen wäre. Ich werde irgendwann diese Nacht zurückkommen, aber wenn ich länger bei Patricia de Rougepeyre bleiben muss, rufe ich dich an. Vater hat ein paar sehr komplizierte Treuhandfonds eingerichtet, als ihr Ehemann Armand noch am Leben war. Erinnerst du dich?"

„Natürlich", entgegnete Hélène. „Sie waren dicke Freunde. Bleibe du nur so lange da, wie es nötig ist!"

„Na ja, nur lange genug, um herauszufinden, warum sie es jetzt so eilig damit hat." Er sah auf seine Uhr und fragte in deutlich kälterem Ton: „Fertig, Julie?"

Sie nickte, schluckte schwer und nahm ihre Taschen.

„Ich hoffe, dass sich ihre Mutter schnell wieder erholt. Und machen Sie sich keine Sorgen! Ich bin froh, hier ihren Platz einzunehmen, solange es nötig ist. Ich habe noch genug Zeit, meine Verwandten zu besuchen."

„Also hast du nicht erzählt, dass ich dich gefeuert habe?" bemerkte Gérald tonlos, als sie einige Minuten später im Aufzug standen. „Du lässt sie glatt denken, dass du wieder zurückkommst. Was bist du doch für eine verlogene, miese Kreatur."

Er wusste, dass er zu hart war und dass es ihr sicherlich unangenehm wäre, wenn sie die Situation hätte erklären müssen.

Aber er wollte sie absichtlich verletzen, und dazu war ihm jede Gelegenheit recht. Dann musste er wenigstens nicht zugeben, dass seine Wut nur die Liebe zu ihr überdecken sollte. Er wollte nur einfach nicht, dass sie eine Frau war, die etwas mit verheirateten Männern anfängt.

Julie warf ihm einen vernichtenden Blick zu. Sie hatte endgültig genug von seiner schlechten Laune. Gut, dachte sie, ich hätte Hélène vielleicht die Situation erklären sollen, aber er braucht nicht so ausfallend zu werden!

„Du solltest dankbar dafür sein, dass ich meinen Mund gehalten habe." Sie starrte ihn mit funkelnden Augen an. „Ich kann deiner

Mutter ja wohl kaum erzählen, dass du mich gefeuert hast, weil ich kein qualifiziertes Kindermädchen bin", zischte sie. „Du hast selbst gesagt, dass du es schon von Anfang an gewusst hast. Und dann müsste ich ihr wohl auch erklären, warum ich mich überhaupt um diesen Job bemüht habe."

Mit erhobenem Kopf rauschte sie aus dem Aufzug, als sich die Türen öffneten, und er sagte kein weiteres Wort, bis sie im Auto saßen. Dann fragte er mit eisiger Stimme: „Und warum genau hast du dich darum bemüht, diesen Job zu bekommen? Um ein wenig Geld zu verdienen und deine heruntergewirtschaftete Agentur zu retten? Oder hast du noch ein viel dunkleres Motiv, Julie? Ich glaube, ich kenne dich bald genug, um das Schlimmste zu befürchten."

Geschickt lenkte er zügig den Wagen durch den dichten Verkehr, aber Julie wünschte sich in diesem Moment nichts mehr, als dass sie in einem Taxi sitzen würde. Jetzt war immerhin der Zeitpunkt gekommen, um ihm endgültig die Wahrheit zu sagen.

„Ich wollte dich verletzen, als Rache für das, was du meiner Schwester Catherine angetan hast. Erinnerst du dich an sie? Catherine de Rougepeyre? Ich dachte, für dich zu arbeiten wäre die allerbeste Gelegenheit dazu." Sie sah ihn von der Seite an und bemerkte, wie er die Lippen aufeinander presste. „Obwohl das keine so gute Idee von mir war."

„Ich hatte so eine dunkle Ahnung." Er lächelte sie kurz an. „Und deine Großmutter hat immer erzählt, dass du so vernünftig bist", sagte er überraschend ruhig. „Weißt du, sie hat über dich gesprochen, als wärst du eine Art heilige Superfrau. Eine, die es immer besser macht als alle anderen. Und bei allem Respekt, wenn so eine voreingenommene, alte Dame die Wahrheit über dich erfährt, tut ihr das gesundheitlich bestimmt nicht sehr gut. Also, sollen wir abmachen, ihr nichts zu erzählen?"

„Du musst gerade deinen Mund aufmachen", fauchte Julie. Es war schon sehr merkwürdig, wie sie sich jetzt auf sehr höfliche Art und Weise beleidigten. Sie ballte ihre Hände zu Fäusten, bis sich ihre rotlackierten Fingernägel in die Handflächen gruben, um nicht in hysterisches Gelächter auszubrechen.

„Würdest du mir bitte genau erklären, was ich Catherine eigentlich angetan haben soll? Hat sie eigentlich jemals diesen Floristikmarkt aufgemacht, über den sie soviel nachgedacht hatte?"

„Ich weiß nicht, wovon du redest", entgegnete Julie düster.

„Nein? Dann hat Catherine es dir wohl nicht anvertraut? Warum wohl? Zuviel Ehrfurcht vor ihrer stets brillanten, großen Schwester?" Gérald versuchte gar nicht erst, den grausamen Sarkasmus in seiner Stimme zu verbergen.

„Wohl kaum." Sie erinnerte sich, wie Catherine mit allen Problemen zu ihr gekommen war. Manche davon waren zwar nur sehr klein oder auch nur eingebildet gewesen, aber sie hatte ihr immer mit Rat und Tat zur Seite gestanden. Julie seufzte, und Gérald sah sie scharf an.

„Habe ich einen Nerv bei dir getroffen? Ist dieser Seufzer denn ein Zeichen von Reue?"

„Er bedeutet, dass du kompletten Schwachsinn von dir gibst. Ich weiß nicht, ob es eine Gewohnheit von dir ist, aber in diesem Fall finde ich es sehr weit hergeholt. Halte dich an die Fakten, Gérald!"

„Und die wären?" Seine Stimme klang jetzt nicht mehr so gelassen, sondern hatte einen scharfen Klang.

Julie warf ihm einen abschätzenden Blick zu, aber sein markantes Gesicht war wie immer rätselhaft verschlossen. Also wandte sie sich ab und bemühte sich um einen kühlen, souveränen aber auch unpersönlichen Tonfall. „Catherine vertraut mir. Sie vertraut nicht Großmutter, weil sie fürchterlichen Respekt vor ihr hat. Und auch nicht Mutter, da unsere Mutter leider keine besonders starken Nerven hat. Aber sie erzählt mir viele Dinge. Zum Beispiel, warum sie versucht hat, sich zu ertränken."

Sie bemerkte, wie er ungläubig nach Luft schnappte, ignorierte es aber und fuhr fort: „Sie war bis über beide Ohren in dich verliebt und hat geglaubt, dass du sie auch liebst. Erzählst du ihnen immer, dass du das Gefühl hast, dich verliebt zu haben? Ist das für dich der schnellste Weg, um sie ins Bett zu bekommen? Auf jeden Fall hat es mit Catherine funktioniert, oder?"

Sie merkte, dass ihr Tonfall immer gereizter wurde, und griff sich unwillkürlich an den Hals. Dann atmete sie tief durch. „Sie sah keinen Sinn mehr in ihrem Leben, als sie eines Morgens aufwachte und deine Hochzeitsphotos auf allen Titelblättern ihrer Zeitungen sah. Die Tatsache, dass deine Braut schon lange schwanger mit deinem Kind war, tat ein Übriges. Und ich wollte dich verletzen. Für sie."

Sein eisernes Schweigen machte sie vollkommen unsicher. Wenn er mir jetzt erzählt, dass alles eine einzige Lüge ist und dass er

Catherine kaum kennt und sicherlich auch nie verführt hätte, werde ich ihm glauben. Sie schämte sich unendlich für ihr Vertrauen in ihm. Aber sie wollte einfach nicht wahrhaben, dass er, Gérald Baron de Gravelines ein schlechter Mensch ist.

Ich liebe Catherine wirklich, aber sie hatte schon immer einen Hang zur Selbstdramatisierung. Und das ist schon fast bedenklich, wie oft sie sich in eine fremde Realitätsferne Traumwelt zurückzieht.

Das unangenehme Schweigen hielt an. Wahrscheinlich konzentriert er sich auf das Fahren, dachte sie matt. Aber sie befanden sich jetzt auf einer mehrspurigen Nationalstraße, wo kaum Verkehr herrschte. Oder er denkt jetzt über die ganze Sache nach und versucht, Entschuldigungen für sein Verhalten zu finden, überlegte sie weiter.

Aber im nächsten Moment wusste sie, dass er sich in dieser Hinsicht gar keine Mühe geben würde. In gewohnt ruhigem Tonfall sagte er schließlich: „Wir sind etwa in zehn Minuten im Krankenhaus. Wir müssen über das reden, was du mir erzählt hast. Aber nicht jetzt!"

9. KAPITEL

„Zu dumm." Liliane de Rougepeyre schloss schließlich die Augen, und ihre dunklen Wimpern flatterten auf der hellen Haut ihrer Wangen. „Ich habe geträumt."

Geträumt und das andere Fahrzeug in der engen Serpentinenkurve nicht gesehen, dachte Julie traurig. Ihre Mutter war frontal gegen eine hohe Steinmauer gefahren, hatte diese durchbrochen und ist einen leichten Abhang heruntergestürzt, wie Catherine ihr erzählt hatte.

„Du sollst nicht sprechen, Maman. Es ist schon gut. Ruh dich aus, soviel du kannst!" sagte Julie mitfühlend und strich ihrer Mutter über die Stirn.

Catherine sah ihre große Schwester mit aufgerissenen Augen an und flüsterte: „Es ist schön, zu sehen, dass sie jetzt ganz normal schläft. Vorher war es schrecklich. Wir dachten, dass sie nie mehr aus dem Koma erwachen würde. Sie hatte wahrhaftig großes Glück gehabt."

Der zuständige Arzt hatte Julie erklärt, dass Liliane de Rougepeyre in absehbarer Zeit wieder gesund werden würde. Nachdem sie diese positive Diagnose erleichtert aufgenommen hatte, wurde sie von Gérald zu Lilianes Zimmer gebracht. Er war dann ohne ein weiteres Wort verschwunden.

„Auch dir auf Wiedersehen", hatte Julie ihm wütend nachgerufen und ihre aufsteigenden Tränen unterdrückt. Soviel zu seinem Vorschlag, dass wir zu einem anderen Zeitpunkt noch einmal über Catherines Anschuldigungen sprechen. Wenn er das wirklich vorgehabt hätte, würde er ja wohl wenigstens gesagt haben, dass wir in Verbindung bleiben.

Aber er hatte nichts dergleichen getan, sondern war einfach so schnell wie möglich verschwunden. Anscheinend ist er doch das Schwein, für das ich ihn von Anfang an gehalten habe, dachte sie fassungslos. Bevor seine Ausstrahlung und meine plötzlich hyperaktiven Hormone meinen Verstand benebelt haben.

„Vielleicht sollten wir jetzt gehen, wo sie schläft?" schlug Julie vor, als sie Catherines Erschöpfung bemerkte.

Sie schämte sich zutiefst für sich selbst. Wie konnte ich nur zulassen, dass dieser Kerl soviel Einfluss auf mich hatte! Ich habe wirklich fest geglaubt, dass er nichts falsch gemacht hat und dass meine geliebte, kleine Catherine sich die ganze Sache nur ausgedacht hat.

„Du hattest einen langen, anstrengenden Tag. Und hier kann jetzt keiner von uns mehr etwas tun. Schlaf ist die beste Medizin, die Maman im Moment haben kann. Und wir werden ja morgen wieder hierher kommen."

Ihr selbst traten die Tränen in die Augen. Ihre Mutter sah in dem Krankenbett so klein und zerbrechlich aus. Aber sie wird wieder gesund, und das ist das aller wichtigste, meinte Julie überzeugt.

„Ist Großmutter auch ins Krankenhaus gekommen?" fragte sie, als sie leise aus dem Raum schlüpften. Catherine schüttelte den Kopf.

„Nein. ich glaube, sie konnte es nicht aushalten. Du weißt schon, dieses ermüdende Abwarten. Maurice war die meiste Zeit mit mir hier, das heißt, bis Maman wieder zu Bewusstsein kam. Sonst hätte ich auch nicht gewusst, wie ich es ertragen sollte. Nicht allein. Er ist zurückgefahren, als wir wussten, dass Mama wieder gesund wird. Er musste die Hunde füttern und rauslassen, und außerdem sollte er Großmutter ständig am Telefon auf dem neuesten Stand der Dinge halten. Großmutter hat dann dich angerufen. Hast du dein Auto hier?"

Julie schüttelte den Kopf. Maurice Chevallier, der Gärtner und Verwalter ihrer Großmutter, hatte wirklich ein Händchen dafür, zur richtigen Zeit zu Hilfe zu kommen. Julie musste bei dem Gedanken daran lächeln, und Catherine wurde Rot im Gesicht, als sie anbot: „Du kannst dann mit uns zurückfahren, Julie." Sie sah auf ihre Armbanduhr. „Maurice sagte, dass er mich gegen neun hier abholen würde. Jetzt ist es kurz vor neun. Wir können auf dem Parkplatz warten, oder?"

„Dieser junge Mann verdient eine Gehaltserhöhung", sagte Julie trocken, als sie zusammen das Krankenhaus verließen.

„Du solltest endlich deinen Führerschein machen, Catherine."

„Ich weiß. Maurice hat versprochen es mir beizubringen."

„Augenscheinlich kommst du mit ihm gut zurecht."

„Sehr gut." Catherine biss sich auf die Unterlippe. „Ich arbeite jetzt mit ihm zusammen im Garten. Der alte Mathieu ist schließlich doch in Rente gegangen, und da habe ich vorgeschlagen, seinen Platz einzunehmen. Ich habe schon immer Pflanzen und Blumen geliebt, dass weißt du doch."

Julie blieb nachdenklich stehen, als Catherine über den Besucherparkplatz ging. Gérald hatte doch etwas von einem Floristikmarkt gesagt, oder?

„Erzähl mir nicht, dass Großmutter dich dafür bezahlt?"

„Das tut sie." Catherine grinste. „Am Anfang wollte sie von meiner Gartenarbeit nichts wissen. Sie sagte, es sei nur eine Spielerei. Aber Maurice hat darauf bestanden, dass sie es anerkennt, und nicht einmal Großmutter wagt es, gegen ihn anzugehen. Sie verlässt sich auf ihn in wesentlich mehr Punkten, als nur das Grundstück schön und in Ordnung zu halten. Also bezahlt sie mir jetzt, was sie selbst gnädig ein *Lehrstellengehalt* nennt. Das bedeutet ungefähr ein Drittel von dem, was der alte Mathieu bekommen hat. Nur um jeden fühlen zu lassen, dass sie noch immer die Zügel fest in der Hand hält! Oh, guck!" Sie hatte die ankommenden Fahrzeuge beobachtet, und jetzt hellte sich ihr Gesicht auf. „Da ist er schon!"

Maurice Chevalier fuhr einen alten Peugeot Kombi und sah genauso attraktiv und vertrauensvoll aus wie immer. Und Julie atmete erleichtert auf, als sie sein strahlendes Gesicht bemerkte und er grinsend auf Catherine zuging.

Wenigstens ist das, was Catherine für ihn empfindet, nicht nur einseitig. Das bestätigte sich auch eine halbe Stunde später, als Maurice beide Schwestern zu Hause absetzte.

Julie ließ ihre Taschen auf den Terracottaböden des Innenhofes fallen und drehte sich nach Catherine um, die sich noch von Maurice verabschiedete. Zufrieden beobachtete sie den innigen Abschiedskuss der beiden Liebenden.

„Es ist was Ernsteres, stimmt's?" fragte sie ein paar Minuten später, als der Peugeot über die Auffahrt verschwand.

„Wir wollen im Winter heiraten", gab Catherine zu. „Und wenn das Großmutter nicht gefällt, muss sie es eben trotzdem schlucken. Du weißt, wie sie ist. Ich kann mir schon vorstellen, wie sie außer sich gerät, weil ein Mitglied der exaltierten Rougepeyre-Familie einen simplen Bediensteten heiratet. Meinst du, einer von uns sollte mal zu ihr rübergehen, um zu sehen, ob es ihr gut geht?"

„Ich weiß, dass sie dort drei Angestellte hat, die alles für sie tun. Aber sie wird doch immer so unausstehlich, wenn einer von uns sich nicht mehr richtig um sie kümmert."

„Ich werde sie nachher anrufen und ihr sagen, dass wir vom Krankenhaus zurück sind", bot Julie an. Sie wollte jetzt unbedingt mit ihrer Schwester allein reden und folgte ihr durch den langen Flur in die Küche.

Sie freute sich über die Beziehung ihrer Schwester zu Maurice, da ihr dass offensichtlich genug Selbstvertrauen gegeben hatte. Zum ersten Mal in ihrem Leben für ihre eigenen Interessen Einzustehen. Sie spricht sogar über die Möglichkeit, Großmutter zu verärgern, ohne dabei mit blassem Gesicht zu zittern, bemerkte Julie verwundert.

Wie auch immer, ich muss jetzt etwas Bestimmtes ganz genau wissen, das vielleicht dieses gesamte neue Vertrauen von ihr zerstört. Nur darauf kann ich in meiner momentanen Situation gar keine Rücksicht nehmen!   „So weit ich weiß, ist Baron de Gravelines immer noch bei Großmutter im Haupthaus."

„Gérald? Baron de Gravelines? Warum sollte er hier sein?" Catherines Gesicht nahm deutlich an Farbe zu.

„Es hat etwas mit diesen Treuhandfonds zu tun", sagte Julie und holte den Kessel aus dem Schrank. „Einen Kräutertee?"

„Nein." Catherine setzte sich an den Küchentisch. „Im Kühlschrank ist eine Flasche Wein. Wollen wir die trinken?"

„Warum nicht?" Julie holte zwei Gläser und schenkte ihnen beide Wein ein. Wie soll ich jetzt bloß anfangen, mit ihr darüber zu sprechen? Vor noch nicht allzu langer Zeit wollte sie sich aus Liebe zu Gérald de Gravelines sogar umbringen. Jetzt, wo sie sich darauf freut, Maurice Chevallier, zu heiraten. Vielleicht hilft der Wein ja, um die unangenehmen Momente zu überbrücken.

Aber ich muss sicher sein, dass Catherine ganz und gar über ihn hinweggekommen ist und nicht in der geheimsten Ecke ihres Herzens noch dem Mann hinterher trauert, den sie einmal geliebt und dann verloren hat. Danach werde ich mich selbst daranmachen, ihn und unsere merkwürdige Beziehung zu vergessen.

„Woher weißt du eigentlich, dass er bei Großmutter im Haus ist?" fragte Catherine mit leiser Stimme. „Du kennst ihn doch gar nicht, oder?"

„Ich habe durch die Agentur geschäftlich mit ihm zu tun", antwortete Julie vorsichtig. Das schien im Augenblick der einfachste Weg zu sein, es auszudrücken. Ich muss ihr ja noch nicht erzählen, was ich selbst für eine Rolle bei der ganzen Sache gespielt habe. „Also, ja, ich kann mit Sicherheit sagen, dass ich den Mann kenne."

Catherine stellte ihr Glas auf dem Tisch ab und räusperte sich. „In diesem Fall ... hör zu, Julie! Mir fällt es wirklich nicht leicht, das zu sagen, aber ..." Sie hatte die Lippen aufeinander gepresst und ihre Augen weit aufgerissen. „Ich habe mich wirklich vollkommen zum Idioten gemacht", murmelte sie. „Zu jener Zeit habe ich fatalerweise geglaubt, dass ich ihn lieben würde. Und ich habe auch wirklich gedacht, dass ich ihm auch etwas bedeute."

Catherine malte mit dem Zeigefinger gedankenverloren Kreise auf die hölzerne Tischplatte, und ihre Stimme war so leise, dass Julie sich anstrengen musste, ihre Antwort überhaupt zu verstehen, als sie ihre Schwester fragte: „Wo hast du ihn eigentlich getroffen? Davon hast du mir nicht erzählt. Ich hätte nicht gedacht, dass ihr euch in den gleichen Kreisen bewegt."

„Tun wir auch nicht. Also, haben wir auch nicht getan. Es war auf der Feier zu Großmutters fünfundsiebzigsten Geburtstag. Du konntest leider nicht kommen, weil du eine Bronchitis hattest und im Krankenhaus lagst. Erinnerst du dich, Julie? Gérald war eigentlich nur geschäftlich da und nahm dann an der Feier teil. Großmutter hatte ihn wohl dazu überredet, du kennst sie ja! Ich fand ihn total umwerfend, und ich glaube, ich habe mich ganz schön daneben benommen. Aber er war so galant, und das habe ich irgendwie missverstanden, und ..."

„Er war freundlich?" unterbrach Julie sie. „Du meinst, er hat dich gar nicht verführt?"

„Nein!" Jetzt wurde Catherines Gesicht dunkelrot. „Habe ich auf dich den Eindruck gemacht, dass es so war? Das muss ich wohl gemacht haben. Um ehrlich zu sein, ich kann mich nicht daran erinnern, dass er mich jemals berührt hatte."

Sprachlos starrte Julie ihre jüngere Schwester in ihr scharlachrotes Gesicht. Sie sah so süß und jung für ihr Alter aus. Aber der kindliche, unschuldige Ausdruck in ihren Augen wirkte jetzt erwachsen und stärker als früher. Sie ist schließlich doch erwachsen geworden, stellte Julie fest.

„Die zerrissene Bluse", erinnerte Julie ihre Schwester. „Ist sie von allein kaputtgegangen, oder hast du das auch einfach nur missverstanden?"

Früher hätte ich nie so mit Catherine reden können, ohne dass sie gleich geweint hätte und tagelang verletzt gewesen wäre.

Catherine überlegte kurz. Dann rief sie plötzlich: „Du meine Güte! Du hast gedacht, er hätte sie mir heruntergerissen? Ich bin überfallen worden. Warte, ich fange besser von vorne an!" Sie trank ihr Glas leer und schenkte sich dann neuen Wein ein. „Großmutters Feier. All diese alten Leute, die sich über ihre Krankheiten beschwerten. Niemand hat sich mit mir unterhalten, und Mama hat dem Partyservice mit dem Essen geholfen. Ich habe versucht zu helfen, aber ich stand dort nur im Weg. Und Gérald war da, wie ich schon sagte. Er hat versucht, nicht allzu gelangweilt zu wirken. Für mich war er sofort der phantastischste Mann, den ich je gesehen hatte. Und er hat sogar seine Zeit mit mir verbracht, sich mit mir unterhalten und die Blumendekorationen bewundert, die ich gemacht hatte. Er sagte, ich könnte das professionell machen, wenn ich wollte. Ich habe mich bei ihm wirklich als etwas Besonderes gefühlt, als ob ich etwas zu bieten hätte."

Julie konnte das gut verstehen. Er hat wirklich die Fähigkeit, einer Frau das Gefühl zu geben, etwas Besonderes zu sein. Dazu noch Catherines mangelndes Selbstbewusstsein und ihre

Angewohnheit, sich in ihre eigenen Traumwelten zurückzuziehen, und langsam machte alles einen Sinn.

„Gérald sagte, dass ich Talent habe und dass ich es einsetzen sollte. Er hat mir auch versichert, es gäbe eine Menge Gastgeberinnen in Paris oder Nizza und auf dem Land, die ein Vermögen für jemanden bezahlen, der Blumendekorationen für ihre Feiern macht. Also bin ich ein- oder zweimal nach Paris gefahren und habe ihn in seinem Büro auf dem Champs-Elysées besucht, um seinen Rat einzuholen, wie ich so ein Geschäft alleine aufziehen könnte."

„Du hast ernsthaft darüber nachgedacht?" fragte Julie erstaunt.

„Natürlich nicht!" Catherine fuhr sich mit ihren Fingern nervös durchs Haar. „Oh, vielleicht habe ich zu der Zeit wirklich darüber nachgedacht. Aber eigentlich war es nur eine Entschuldigung, um bei ihm zu sein und seine ungeteilte Aufmerksamkeit zu haben. Und Aufmerksamkeit konnte er wirklich gut geben. Er hat mich zum Mittagessen eingeladen und mir alle möglichen guten Ratschläge gegeben. Ich bin nur nie einem davon nachgekommen. Ich hatte einfach nur das Bedürfnis, mit ihm zu reden, weil ich in seiner Nähe sein wollte. Als ich ihn das letzte Mal gesehen habe, war ich unangemeldet in sein Büro gekommen. Er kam nur kurz vorbei und hat gesagt, dass er mir schon jeden erdenklichen Tipp gegeben hätte und dass er mir jetzt nicht mehr weiterhelfen könnte. Ich war am Boden zerstört. Er hat das wirklich sehr freundlich gesagt, aber das hat für mich keinen Unterschied gemacht. Ich war trotzdem noch vollkommen fertig! Statt eines gemütlichen Essens mit dem Mann, den ich liebte und der mir hundertprozentige Aufmerksamkeit schenkte, stand ich wieder allein auf der Straße. Und zu guter Letzt wurde ich auch noch ausgeraubt!"

Julie war so aufgeregt, um ruhig sitzen zu bleiben. Sie sprang auf und zog mit einer hastigen Bewegung die Küchenvorhänge zu. Draußen wurde es dunkel, und sie sah durch die Bäume die Lichter im Haupthaus scheinen.

Bestimmt steht Gérald jetzt hinter einem dieser Fenster, dachte sie mit klopfendem Herzen. Sie konnte es kaum ertragen, sich an ihn zu erinnern. An die Dinge, die sie zu ihm gesagt hatte und die sie ihm vorgeworfen hatte. Und daran wie er sie geküsst hatte, wie sie darauf reagiert hatte und was sich hätte entwickeln können, wenn nur...

Catherine bemerkte Julies Gefühlszustand nicht und sagte ruhig: „Natürlich bin ich sofort zu Gérald zurückgelaufen. Seine Sekretärin, Véronique, hieß Sie glaube ich, hat ihn aus einer Videokonferenz herausgeholt, und er hat mich mit in sein Penthouse genommen. Dann hat er seine Sekretärin angewiesen, mir eine neue Bluse zu besorgen und sie bei ihm vorbeizubringen."

Sie rang die Hände in ihrem Schoß und vermied es, Julie anzusehen. „Ich habe wirklich gedacht, dass er mich aus einem ganz bestimmten Grund mit nach Hause genommen hat. Mein Gott, ich war so naiv! Wenn ich jetzt daran denke, fällt mir dazu gar nichts mehr ein! Ich wollte auch auf keinen Fall, dass er die Polizei ruft. Meine Handtasche war gestohlen worden, aber außer ein bisschen Kleingeld und Make-up Utensilien war nichts drin gewesen. Und dann bin ich hysterisch geworden, als er mir erzählte, dass er Mama angerufen hatte, damit sie mich abholen und nach Hause bringen würde. Ich bin wahrhaftig ausgeflippt, weil ich unbedingt dort bleiben wollte. Und das habe ich ihm auch gesagt ... und dass ich ihn liebte. Ich habe mich wirklich an ihn herangeworfen. Er war ziemlich geschockt."

„Das kann ich mir vorstellen", presste Julie zwischen zusammengebissenen Zähnen heraus.

Sie beugte sich über ihre Schwester. „Du hast gar nicht versucht, dich zu ertränken, oder? Was du damals gesagt hast! Und du hast mir angedeutet, dass du dich umbringen wolltest. Und was fast noch viel schlimmer ist, du hast es mich auch weiterhin glauben lassen."

„Es tut mir leid", murmelte Catherine leise. „Wenn ich es jetzt betrachte, dann war alles so dumm. Ein paar Tage später, war ich auf dem Grundstück spazieren gegangen, mir ging die Sache mit Gérald nach, und kam am See vorbei. Es war schon später Nachmittag, und allmählich wurde es dunkel. Da kam plötzlich Maurice mit den Hunden an der Leine aus dem Wald heraus. Er hat mich gegrüßt, weißt du, aber ich habe mich schnell umgedreht. Ich wollte nicht, dass er mich weinen sah. Dann habe ich mein Gleichgewicht verloren und bin in den See gefallen. Es war mir so unangenehm, und als du dachtest, dass ich es absichtlich getan habe, na ja..." Sie holte tief Luft. „Es erschien mir viel, na ja, romantischer, und... der verlockende Urlaub. Während des Urlaubs hatte ich dann Mama alles gestanden..."

„Sag nichts mehr!" zischte Julie ärgerlich. „Ich gehe jetzt ins Bett. Vielleicht kann ich morgen früh wieder ein normales Wort mit dir wechseln. Aber wenn ich noch einmal darüber nachdenke, vielleicht kann ich es auch nicht."

So wie ich mich jetzt fühle, werde ich überhaupt nie mehr mit meiner Schwester ein Wort sprechen!

10. KAPITEL

„Ich bin nicht sicher, wann er zurückkommen wird", entschuldigte sich Hélène de Gravelines und schloss von innen die Tür der Suite. Julie unterdrückte einen frustrierten Schrei und bemühte sich zu lächeln.

„Irgendwelche unvorhergesehenen Geschäfte in Madrid. Es hat etwas mit Rechtsanwälten und der Plattenfirma von Maxima zu tun. Offensichtlich wird alles so arrangiert, dass alle zukünftigen Einnahmen an Gilbert gehen", erklärte Hélène. „Ich verstehe die ganze Sache auch hinten und vorne nicht, aber es schien sehr kompliziert und wichtig zu sein. Da hat er alles stehen- und liegengelassen und ist hinübergeflogen."

Julie wollte sich unbedingt bei Gérald entschuldigen, aber sie hatte all ihren Mut zusammenfassen müssen, um ihm gegenüberzutreten. Und jetzt erfahre ich hier, wo ich schon einmal den Weg geschafft habe, dass er schon seit zehn Tagen in Spanien ist!

Im großen Wohnzimmer saß Gilbert mit Filou auf dem Teppich und hielt verkehrt herum ein Buch in den Händen, aus dem er mit lautem Babygeplapper *vorlas.* Das Geplapper wurde zu einem begeisterten Kreischen, als er Julie erblickte, und er hielt seine Arme hoch, um hochgehoben zu werden.

Julie schluckte den dicken Kloß in ihrem Hals hinunter und nahm den lieben Kleinen auf den Arm. Sie hatte Gilbert jetzt schon fast zwei Wochen nicht mehr gesehen und dass Baby mehr vermisst, als sie es jemals für möglich gehalten hätte.

„Bestimmt freuen Sie sich, zu hören, dass der Kauf der Villa Emo problemlos über die Bühne gegangen ist. Gérald hat die Verträge noch unterschrieben bevor er nach Madrid ist. Bald wohnt ihr dort alle gemütlich zusammen. Gérald sagte, dass man es nur neu einrichten und der Vorbesitzer noch einige Dinge hinauswerfen müsste."

Hélène ging durchs Zimmer und räumte Gilberts Spielsachen zusammen. Sie sah erleichtert aus, dass sie sich endlich einmal wieder mit einem Erwachsenen unterhalten konnte.

„Ich will nicht sagen, dass dieses Hotel nicht auch unheimlich bequem ist. Der Park nebenan ist praktisch für Spaziergänge, und die Angestellten hier sind wirklich äußerst zuvorkommend. Aber es ist eben kein vernünftiges Zuhause, nicht wahr? Soll ich etwas zu essen bestellen, oder wollen wir erst später essen, wenn Gilbert auch sein Abendbrot bekommt? Und erzählen Sie mir, wie es ihrer armen Mutter geht! Mögen Sie sie überhaupt schon allein lassen? Also meinetwegen müssen Sie sich keine Gedanken machen!"

Julie lehnte das Angebot zum Essen ab, aber sie musste ernsthaft über Hélènes letzten Kommentar nachdenke. Sie setzte sich auf eine der Couchen und nahm Gilbert auf den Schoß.

„Meine Mutter wurde vor ein paar Tagen aus dem Krankenhaus entlassen, und sie fühlt sich schon viel, viel besser. Ihre Rippen sind zwar immer noch bandagiert, aber sie sagt selbst, dass es viel schlimmer hätte kommen können. Und meine Schwester hat sich auch freigenommen, um sie zu versorgen."

In den letzten Tagen hatte Julie einige lange Gespräche mit Catherine geführt und ihr schließlich verziehen.

Und am Telefon hatte ihre Partnerin Christine zu ihr gesagt: „Natürlich musst du dir Freinehmen, bis die arme Liliane wieder zu Hause ist und sich auf dem Weg der Besserung befindet. Richte ihr meine allerherzlichsten Grüße aus! Möchte Baron de Gravelines jemanden haben, der dich ersetzt? Soll ich mich bei ihm melden?"

„Wenn er das will, wird er sich bestimmt bei dir melden. Aber tu jetzt nicht so!" hatte Julie trocken erwidert. Ich kann Christine ja immer noch später von meiner unwürdigen Entlassung berichten.

„Warum hast du mir nicht erzählt, dass er verwitwet und seine Mutter mit ihm zurück nach Frankreich ist?"

„Habe ich nicht? Meine Güte, es muss mir entfallen sein, als du darauf bestanden hast, den Job des Kindermädchens dort selbst zu übernehmen", hatte Christine hinzugefügt.

Das einzige, was mir jetzt noch übrig bleibt, ist, die Dinge zwischen mir und Gérald klarzustellen. Aber natürlich ist er nicht hier! Und wer weiß, wie lange es dauert, bis er wieder nach Nizza zurückkommt, dachte Julie. Aber Hélène bot ihr in diesem

Moment eine günstige Gelegenheit, vorausgesetzt, sie war mutig oder besser gesagt dreist genug, sie zu ergreifen.

„Gut, wenn Sie sich absolut sicher sind?" fragte Hélène mit besorgter Miene.

„Dass ich zurückkomme?" Julie hielt den Atem an, bis ihr Herz wie wild pochte.

Dann stieß sie einen leisen Seufzer aus, als Hélène schließlich sagte: „Ja, genau. Natürlich war ich, und ich bin es nötigenfalls auch wieder, absolut glücklich, auf den kleinen Gilbert aufzupassen, solange Gérald nicht da ist. Aber ich habe nicht mehr viel Zeit in Frankreich, und ich würde gerne noch einige Freunde besuchen. Wenn Sie sich absolut sicher sind, dass sie ihre Mutter allein lassen können, dann übernehmen sie doch hier ihre Aufgabe!"

Also hatte ich Recht! Gérald hat seiner Mutter auch nicht erzählt, dass er mich entlassen hat. Aber Julie konnte sich nicht denken, warum er es verschwiegen hatte. Sie verstand vieles von Gérald de Gravelines Verhalten nicht.

Doch in jedem Fall ist es weitaus einfacher, dass Hélène, die gute Seele, nicht im Weg ist, wenn ich mich bei Gérald entschuldigen muss. Und er wird auch bestimmt sehr wütend, wenn er sieht, dass ich hier wieder meine Aufgabe übernommen habe.

Aber das konnte sie nicht aufhalten. Sie holte tief Luft und brachte mühsam ein Lächeln zustande. „Ich bin absolut sicher, Madame de Gravelines. Also, warum rufen Sie nicht ihre Freunde an und arrangieren alles Nötige gleich jetzt?"

Auch wenn Gérald vielleicht sauer wird, dies ist die beste Gelegenheit, die Dinge klarzustellen. Ich gehe nicht davon aus, dass er mir noch einmal sagen wird, wie sehr er mich liebt. Aber wenn er mir wenigstens verzeiht, ist das schon fast mehr, als ich erwarten kann.

Die nächste Zeit war für Julie eine Tortur. Sie hatte so sehr abgenommen, dass ihre Kleider nur noch lose an ihr herunterhingen, und ihre Wangenknochen stachen unansehnlich hervor.

Seit fünf Tagen war sie nun wieder Gilberts Kindermädchen. Fünf Tage lang schob sie Gilberts Sportkarre auf endlosen Spaziergängen durch den Park, und fünf endlos lange Abende verbrachte sie in der Suite damit, auf Hélènes freundlichen Anruf zu warten, die sich täglich vergewisserte, dass alles in Ordnung war.

Julie war zu aufgeregt, um zu essen, denn sie musste jeden Moment darauf vorbereitet sein, Gérald gegenüberzutreten.

„Sollen wir heute mal etwas richtig Aufregendes machen?" fragte sie Gilbert am sechsten Morgen. „Lass uns den Park vergessen und mal richtig wegfahren!"

Das Wetter sah viel versprechend aus. Und der Gedanke daran, den ganzen, langen Tag in der Hotelsuite zu verbringen und darauf zu warten, das die Minuten und Stunden verstrichen, bis Gérald endlich auftauchte, erschien Julie unerträglich.

Sie liebte es, auf seinen Sohn aufzupassen, und das machte sie auch wirklich gut. Aber andererseits liebte sie den kleinen Jungen selbst von Tag zu Tag mehr. Und wenn der Zeitpunkt des Abschieds kommen sollte, wusste sie, dass ein Teil ihres Herzens brechen würde.

Es würde nicht mehr überraschen, wenn Hélène von dem Besuch bei ihren Freunden zurückkehrt, bevor Gérald seine Geschäftsreise nach Madrid beendet, dachte Julie panisch. Dann müsste ich eine Menge peinlicher Erklärungen abgeben, um irgendwann noch einmal die Gelegenheit zu haben, mit ihm allein zu sein.

„Ein kleines Picknick, ja?" Sie ging mit dem kleinen Jungen auf dem Arm ins Badezimmer. „Wir werden mal das Haus besuchen, das dein Papa für dich gekauft hat. Und dann spielen wir im Garten. Es ist ein wunderschönes, großes Haus, mein kleiner Prinz. Du hast ganz viel Glück, weißt du das überhaupt?"

Julie hatte ihren roten Mini auf Géralds Parkplatz in der Tiefgarage geparkt, da Gérald seinem Jeep auf dem Besucherparkplatz am Flughafen abgestellt hatte.

Ich rufe in der Küche an, meinte sie, und in zwei Stunden haben wir endlich schön viel frische Luft um uns herum. Dann dachte sie plötzlich wieder an dieses wunderschöne Haus, in dem er später mit seinem kleinen Sohn leben würde. Ich bin wirklich sentimental geworden!

Ich muss mich mal zusammenreißen! Gut, er ist der erste Mann, bei dem ich mir wirklich Gedanken um eine gemeinsame Zukunft machen würde, den ich lieben könnte und den ich brauche. Aber das heißt doch nicht, dass er der letzte Mann ist, bei dem ich so empfinde?

Sie schluckte einen schweren Kloß in ihrem Hals hinunter. Wem will ich eigentlich etwas vormachen? ermahnte sie sich bitter. Die

Hölle könnte zufrieren, bevor ein Mann mir noch einmal soviel bedeutet, wie Gérald de Gravelines es tut. Aber *das* heißt nicht, dass er genauso für mich empfindet.

Im Grunde hat er ausdrücklich klargemacht, was er über mich denkt. Erstens war er vollkommen abgestoßen davon, dass ich seine tote Frau erwähnt habe. Und dann wirft er mich auch noch hinaus.

Und zu guter Letzt sage ich ihm auch noch genau, warum ich mich als Kindermädchen eingeschlichen habe. Obwohl er für etwas bestraft werden sollte, das er gar nicht getan hatte.

Plötzlich war ihr völlig klar, dass sie mit Gilbert unbedingt aufs Land fahren *musste*. Sie hatte das Gefühl, im Wartezimmer beim Zahnarzt zu sitzen, bis ihr Name ausgerufen wurde. Einen Tag auf dem Land würde ihre gereizten Nerven beruhigen und ihr Zeit zum Nachdenken geben, damit sie sich auf eine Konfrontation vorbereiten konnte.

„Wenn Baron de Gravelines zurückkommt, bevor ich es tue, sagen sie ihm bitte, dass das Kindermädchen seinen Sohn zur Villa Emo mitgenommen hat. Wir werden heute Abend wieder rechtzeitig da sein", erklärte sie dem Concierge an der Rezeption, wo sie auch den vorbereiteten Picknickkorb und einen Autokindersitz, den sie bestellt hatte, abholte.

Ein Hotelangestellter half ihr, alle ihre Sachen ins Auto zu bringen. Ich komme mir vor, als würde ich auf eine Safari gehen, dachte Julie kopfschüttelnd. Sie befestigte den Babysitz für Gilbert auf der Rückbank ihres Autos und lud dann die Taschen mit Windeln und allem, was sie brauchen würde, in den Kofferraum.

Eine gute Stunde später fühlte Julie sich schon viel entspannter, als sie ihr Auto am Ende der langen Auffahrt zur Villa Emo parkte.

Sie wollte gar nicht ins Haus gehen, da es ohnehin abgeschlossen und leer war. Aber der Garten bot eine phantastische Atmosphäre für ein Picknick.

Julie hatte wahrhaftig Mühe, alle Sachen vom Auto zum Picknickplatz zu bringen. Beim letzten Mal waren wir wenigstens zu zweit, erinnerte sie sich wehmütig.

Sie versuchte, den Gedanken an diesen Tag zu verdrängen. Er war einfach zu perfekt und schön gewesen. Und wenn sie es sich jetzt überlegte, war ihr klar, dass sie Gérald de Gravelines liebte. Auch wenn er so prinzipienlos und unmoralisch war, wie sie es gedacht hatte.

„Gut, Gilbert, dann wollen wir mal gehen!" rief sie mit gespielter Fröhlichkeit, obwohl ihr die Tränen in den Augen standen. Sie setzte dem lieben Kleinen einen Sonnenhut auf. Ich darf jetzt einfach nicht sentimental werden, ermahnte sie sich fest.

Julie musste den Korb und die Taschen vorsichtig balancieren, während sie einen geeigneten Platz für das Picknick suchte.

„Hier bleiben wir! Das war den Weg doch wert, oder, Gilbert?" Atemlos setzte Julie sich ins Gras und begann damit den Picknickkorb zu durchstöbern.

Wie sie vermutet hatte, war darin genug Essen, um eine ganze Armee zu versorgen. Gilbert aß etwas Obst, und Julie legte ihr Lachsbrot lustlos wieder zurück in den Korb. Sie hatte überhaupt keinen Hunger.

Dann machte sie mit Gilbert ein paar Blumenketten, und die Hitze des Tages wurde immer schwerer.

Drei Stunden später war der Kleine so müde geworden, dass er erschöpft im Schatten auf der Decke lag. Julie gab ihm den alten

Stoffbären zum Kuscheln und legte sich dann daneben. „Soll ich dir eine Geschichte erzählen?" Sie lächelte Gilbert an, dem bereits die Augen zufielen. „Wie wäre es mit dem Mann im Mond? Das ist doch dein Lieblingsmärchen."

Der Kleine riss sofort begeistert die Augen auf, doch dann streckte er die Arme aus und rief aufgeregt: „Papa!"

„Na, wie geht's meinem kleinen Honigkuchen?" Mit starken gebräunten Armen hob er den kleinen Jungen auf und drückte ihn fest an sich. Er hatte seine Hemdsärmel bis zu den Ellenbogen hochgekrempelt und trug dazu noch eine anthrazitgraue Anzugshose.

Julie krallte sich unbewusst in das weiche, warme Gras. Ihr war augenblicklich schwindelig geworden, und sie hatte sich fürchterlich erschrocken, als er so unverhofft hinter ihr aufgetaucht war.

Er setzte sich mit gekreuzten Beinen auf das Gras und hielt seinen Sohn auf dem Schoß. „Ich habe deine Nachricht bei der Rezeption erhalten." Seine Stimme klang tief und ausdruckslos. Und der ruhige Tonfall jagte Julie Schauer über den Rücken, und im nächsten Moment wusste sie auch, warum.

„Ich werde jetzt keine Szene machen, aber das bedeutet nicht, dass ich nicht unheimlich wütend auf dich bin. Ich will nicht Gilbert beunruhigen, indem ich dich anschreie ...“

Seine Stimme klang zwar ruhig, aber in seinen Augen konnte man die Wut sehen. „Wie kannst du es wagen, einfach zurückzukommen und meine Abwesenheit derart auszunutzen, meine Mutter zu belügen und dann mit meinem Kind einfach ...“

„Ich würde ihm doch nie etwas tun!“ begann sie hitzig, dämpfte aber sofort ihre Stimme, als er gereizt seine Stirn runzelte. „Ich habe eine klare Antwort hinterlassen.“ Auf die er ja wohl auch sofort reagiert hat, fügte sie in Gedanken hinzu. Immerhin trägt er noch seinen Anzug.   „Und ich habe deine Mutter nicht angelogen. *Du* hast ihr nicht erzählt, das ich entlassen worden bin, und da hat sie angenommen ...“

„Dann hast du eben etwas verschwiegen.“ Er sagte das leichthin, als würde er über das Wetter reden. Aber Julie wusste es besser. Und Gilbert schien ebenfalls den gefährlichen Unterton in seiner Stimme zu bemerken, denn er begann jetzt, laut zu schreien.

Gérald stand auf und wiegte das Kind in seinen Armen, um es zu beruhigen. Der Kleine war total übermüdet, und er murmelte beruhigende Worte, bevor er sagte: „Pack deine Sachen, damit wir alles in mein Auto bringen können! Gilbert und ich gehen."

Seine Augen hatten einen kalten und unpersönlichen Ausdruck. „Du hast den Weg hierher gefunden, dann wirst du ihn auch wieder zurück finden."

11. KAPITEL

„Wir gehen zum Haus hinauf", sagte Gérald, und Julie balancierte wieder die Taschen hinter ihm her. „Du kannst mit Gilbert auf der Terrasse warten, während ich das Auto hole. Ich habe genau hinter dir auf der Auffahrt geparkt."

Glücklicherweise hatte Gilbert sich wieder beruhigt und seinen Kopf jetzt an Géralds Schulter gelehnt. Nur noch ein gelegentliches kleines, leises Schluchzen erinnerte an seinen lautstarken Ausbruch zuvor.

Wahrscheinlich gibt Gérald mir auch noch die Schuld für Gilberts Weinkrampf, dachte Julie zerknirscht, als sie mühsam die Taschen zum Haus schleppte. Warum kommt er auch so plötzlich vorbei, dass der Junge sich aufregt, obwohl er eigentlich sein Mittagsschläfchen halten sollte. Sie hasste den Gedanken, dass der Kleine unter dem gespannten Verhältnis zwischen ihm und ihr leiden könnte.

Gedankenverloren starrte sie auf seinen breiten Rücken, dachte über sein überhebliches Verhalten nach und rieb sich dabei unwillkürlich den Schweiß von der Stirn. Durch diese Bewegung rutschten ihr die Taschen aus dem Arm, und alle Windeln, Cremedosen und Babysachen fielen auf den Boden.

Sie schrie frustriert auf, und er drehte sich um und warf ihr einen eisigen Blick zu.

„Gib mir das alles!" Er streckte ungeduldig eine Hand aus. „Da kommt ein Sturm auf, oder hast du das nicht bemerkt?"

Abgesehen von dem dunklen Himmel und der stickigen Luft hatte Julie das Gefühl, der echte Sturm würde in ihrem Inneren toben.

„Hier, nimm Gilbert! Und dann lauf schon einmal zum Haus!" Er legte ihr den nun schlafenden Jungen in den Arm und bückte sich, um die Sachen aufzuheben.

Die ersten Regentropfen trafen sie, als sie den Pfad zum Haus entlangeilte. Dicke Tropfen, die schnell immer mehr wurden, so dass sie sich etwas bückte, um Gilbert vor dem Regen zu schützen.

In der Ferne grollte bereits der Donner, und Gérald tauchte unverhofft hinter ihr auf. Er hatte die Taschen liegengelassen und schob sie nun eilig die Treppe zur Haustür hinauf, um aufzuschließen.

„Geh rein!" sagte er gereizt. „Wir warten den Sturm hier drin ab." Er verschwand wieder, und Julie betrat das dunkle, leere Haus.

Der kleine Salon, der rechts von der Halle abging war nicht ganz leer. Eine alte, vierteilige Sitzecke, ein paar billige und teilweise beschädigte Bücherregale und einige Kisten mit Gegenständen, die in Zeitungspapier eingewickelt waren, standen kreuz und quer herum.

Julie zitterte vor Kälte, vielleicht auch vor Angst, und ihre nassen Kleider klebten am Körper. In diesem Moment tauchte Gérald wieder hinter ihr auf und stellte die Taschen auf dem Boden ab. „Ist hier irgendetwas dabei, in dem wir Gilbert einwickeln können?"

„Eine kleine Wolldecke." Ihr Mund war so trocken, dass sie kaum ein Wort herausbekam. Er macht mich ganz nervös, dachte sie unbehaglich. Und sieht nicht so aus, als würde er momentan eine Entschuldigung von mir akzeptieren. Wenn er mich nicht gebraucht hätte, damit ich Gilbert trocken ins Haus bringe, wäre ich bestimmt schon allein auf dem Rückweg nach Nizza.

Gérald hatte die Decke gefunden und ging hinüber zu den Restmöbeln. Dort schob er zwei Sessel zusammen und machte dann eine ungeduldige Kopfbewegung in Julies Richtung. Er wollte nicht mit ihr sprechen, denn er befürchtete, dass er sie anschreien würde. Und am allerliebsten hätte er sie auch nicht angesehen.

Sie ging zu ihm und legte Gilbert in das provisorische Bett. Sie war ihm so nahe, dass er ihr Parfum riechen konnte, an das er sich so gut erinnerte.

Er deckte seinen Sohn zu und spürte dann, wie sich jeder Muskel seines Körpers versteifte, als Julie plötzlich ihre Hand auf seinen Arm legte.

„Willst du nicht wissen, warum ich gewartet habe, bis du aus Madrid zurückkommst?" fragte sie leise.

„Nicht unbedingt." Er trat zurück und betrachtete ihre Hand, die wieder schlapp an ihre Seite zurückfiel. Zu seiner Bestürzung brannte seine Haut an der Stelle, wo sie ihn berührt hatte. „Ich bekomme nur Alpträume davon."

Gérald knirschte mit den Zähnen. Er wollte sie nicht so betrachten, wie sie dort stand, mit nassen Haaren und nasser Kleidung. Auf diese Entfernung war Julie eine echte Gefahr für ihn.

Diese Frau hatte ihm die Schuld für etwas gegeben, das er nicht getan hatte. Sie hatte gelogen und den süßen, unschuldigen Gilbert benutzt, um an ihm heranzukommen. Und sie brachte ihn noch dazu, dass er glaubte, in sie verliebt zu sein. Er musste dieser heimtückischen Frau, die ihre Waffen gekonnt gegen ihn einsetzte, um jeden Preis ausweichen!

„Ich muss mich bei dir entschuldigen." Julie bemühte sich, ihre Stimme so fest wie nur möglich klingen zu lassen.

„Ach ja? Ich frage mich nur - warum? Weil du hinterlistig bist und um jeden Preis auf Rache aus warst? Rache ist ziemlich verabscheuungswürdig, oder findest du nicht? Oder weil du dir nicht einmal die Mühe gemacht hast, die Dinge zu hinterfragen, sondern dich selbst zum Richter und Vollstrecker gemacht hast?"

„Hör auf!" Das schlechte Gewissen schnürte ihr die Kehle zu, und ihr stiegen Tränen in die Augen. Dieser Anblick beunruhigte ihn. Er ging eilig zum Fenster und starrte hinaus in den Regen.

„Ich wollte sagen, dass es mir leid tut, schrecklich leid, dass ich die Dinge geglaubt habe, die Catherine über dich erzählt hat."

Sie runzelte die Stirn. Es ist so schwierig, sich bei jemand zu entschuldigen, der nicht einmal zuhören mochte. Er hatte ihr den Rücken zugewandt, und auch seine Kleider klebten nass an seinem Körper. Sie fühlte sich schrecklich und irgendwie auch ausgeschlossen.

„Aber ich muss zugeben, dass ich ihr zuerst wirklich geglaubt habe", begann sie von neuem. „Ich habe dir deshalb auch am Anfang das Schlimmste zugetraut. Doch als ich dich besser kennen gelernt habe und ich ..." Ich kann ihm unmöglich meine wahren Gefühle gestehen, stellte sie entschlossen fest. „Und ich habe wirklich daran gezweifelt, dass du getan haben könntest, was sie mir erzählt hat."

„Ein Kind verführt. Wie alt war sie zu der Zeit? Siebzehn? Mit der mentalen und emotionalen Kapazität einer Zehnjährigen", fügte er bitter hinzu. „Du hast mein und Gilberts Leben geteilt und trotzdem geglaubt, ich wäre so ein Schwein." Das tat weh.

„Aber nicht lange." Ihre Stimme versagte. „Ich habe das geglaubt, bevor ich dich näher kennen gelernt habe, weil Catherine mir das alles so brühwarm erzählt hatte. Obwohl, um ganz ehrlich zu sein, sie hat nie wirklich gesagt, dass du mit ihr geschlafen hättest. Oder das sie sich wirklich ertränken wollte, nachdem sie von deiner Hochzeit mit Maxima di Stefano gehört hatte, die dein Kind bekam. Sie hat es nicht ganz genau gesagt, nicht mit so vielen Wörtern, aber sie hat es deutlich durchblicken lassen. Und aus irgendeinem Grunde, den nur sie selbst weiß, vielleicht damit sie mehr Aufmerksamkeit bekommt, hat sie dafür gesorgt, dass ich diese Lügen weiterhin glaube."

Er drehte sich mit einem leicht verwunderten Blick um, und sie sagte leise: „Das klingt jetzt vielleicht, als wäre Catherine ein schrecklicher Mensch. Aber es ist nicht so einfach. Nur wenige Dinge im Leben sind wirklich einfach, das brauche ich dir ja wohl nicht zu erklären! Aber ich weiß ganz sicher, dass Catherine davon überzeugt war, dich zu lieben. Und weil du dich für sie interessiert hast, dir die Zeit für sie genommen hast und mit ihr ausgegangen bist, hat sie sich eingeredet, an ihrer eigene Phantasie fest zu glauben. Zu der Zeit warst du der einzige Mann, der soviel für sie getan hat. Und ich habe immer auf sie aufgepasst und sie vor Großmutter beschützt, die wirklich Furcht einflößend sein kann, weil Catherine einfach nicht fähig ist, für sich selbst zu sorgen. Sie ist zu ängstlich, war schon immer allein und viel zu schüchtern, um neue Freunde zu gewinnen. Also habe ich sie immer beschützt, weil niemand anders da war, der es hätte tun können. Meine Mutter legt viel zuviel Wert darauf, ein ruhiges Leben zu führen. Und den Job als Kindermädchen anzunehmen war eine Möglichkeit, dir alles heimzuzahlen. Und das tut mir aufrichtig leid."

Gérald warf Julie einen vernichtenden Blick zu. Dann ging er zur anderen Seite des Raumes, und die Gedanken schossen ihm wie wild durch den Kopf. Er konnte und wollte ihr einfach nicht glauben. Aber was sollte sonst die ganze Wahrheit sein? Also bemühte er sich um eine ruhige, unpersönliche Stimme, als er sagte: „Entschuldigung akzeptiert. Lass es uns besser vergessen. In Ordnung? Das Thema ist abstoßend und widert mich an. Ist da noch etwas zu essen im Korb? Vielleicht könntest du es herausholen, und ich gehe los und suche etwas, um den Kamin anzuheizen, damit wir endlich einmal trocken werden."

Der Donner kam näher, und der Regen prasselte unaufhörlich gegen die Scheiben. Sie würden noch eine ganze Weile dort warten müssen, bevor sich das Unwetter wieder verzog, und Gérald gefiel das genauso wenig wie Julie.

Auch er konnte den ersten Tag, den sie gemeinsam in der Villa Emo verbracht hatten, nicht vergessen. Alles hatte sich einfach so angefühlt, als würden sie wirklich zusammengehören.

Doch keiner von beiden würde die bittere Enttäuschung dieser Illusion vergessen.

Gérald fiel plötzlich ein, dass er an jenem Tag in einem der anderen Räume eine Schachtel Streichhölzer liegen gesehen hatte. Er war sichtlich froh über die Entschuldigung, den Raum für einen Moment lang verlassen zu können und sich von ihr zu entfernen.

Mit großen Schritten schritt er die geräumige Halle entlang, aber er konnte einfach die Gedanken an Julie nicht aus dem Kopf bekommen. Ein Feuer zu machen würde ihn wenigstens etwas ablenken, und es würde bestimmt noch eine Stunde dauern bis

Gilbert aufwachte und die Spannung zwischen ihnen beiden zerstören konnte.

Er trug ein paar kaputte Regale in einen der hinteren Räume, damit der Krach beim Zerbrechen Gilberts Schlaf nicht stören würde. Sie ließen sich so einfach zerkleinern wie alte Apfelsinenkisten, und mit Hilfe einiger Zeitungen, die er aus herumstehenden Kartons genommen hatte, brachte er alsbald im Kamin ein Feuer zum Brennen.

„Kann man nicht dafür belangt werden, die Besitztümer anderer Leute zu verbrennen?"

Er hörte den vorsichtigen Humor in ihrer Stimme. „Ich denke, das Verbrennen von antiken Apfelsinenkisten, die unter einem weißen Anstrich versteckt sind, würde niemanden wirklich interessieren. Komm näher!" Er stand auf, damit die Wärme der Flammen sie erreichen konnte. Aber sie blieb zitternd mitten im Zimmer stehen und sah ihn nur mit blassem Gesicht an.

Ungeduldig griff er nach ihr und zog sie am Handgelenk zu sich heran. „Komm näher zum Feuer!" Ihre Haut war eiskalt, und er hatte plötzlich das Gefühl, sie wärmen und versorgen zu müssen.

Er schob sie genau vor den Kamin und strich ihr sanft mit einer Hand über den Rücken. Wie er vermutet hatte, war ihr Oberteil klatschnass. Er hatte gesehen, wie sie mit ihrem Körper versucht hatte, Gilbert vor dem Regen zu schützen.

Sie sah ihn vollkommen überrascht an, als er mit der Hand über ihren Rücken fuhr. Ihr Zittern wurde stärker, denn innerlich fühlte sie sich unheimlich zu ihm hingezogen, und auch er spürte ihre Reaktion. Vorsichtig begann er, die Knöpfe ihres Oberteils zu öffnen.

Und mit rauer Stimme sagte er dabei: „Du wirst dich erkälten, wenn du noch länger diese nassen Sachen anlässt."

Mit dem Handrücken streifte er leicht über ihre Brust und hörte, wie sie scharf den Atem einsog. Ihre Beine gaben nach, als sie seine warme, weiche Haut spürte, und ihre Bauchmuskeln verkrampften sich bei dem Verlangen, das sie nicht mehr unterdrückten konnte.

Und Gérald? Jetzt wollte er sie nur noch berühren, streicheln und besitzen.

Julie konnte diesen prickelnden Moment gar nicht fassen und wusste nicht so recht, was sie tun sollte. Mit zitternden Händen zog sie sein Hemd aus der Hose und knöpfte es auf. Ihr Atem wurde schneller, und ihre Brust schien sich ihm förmlich entgegenzuwölben.

Er legte seine Hände auf ihre Schultern und wusste nicht, ob er sie von sich wegschieben oder heranziehen sollte. In seinen Kopf drehte sich alles, und als er ihre schmalen Hände auf seiner Haut fühlte, gab es keinen Zweifel mehr.

Er brauchte diese Frau mit einer Intensität, die ihn einfach überwältigte. Sein Blut schien schneller durch die Adern zu fließen, als sie mit einer vorsichtigen Bewegung sein nasses Hemd über die Schultern streifte.

Als er ihre Entschuldigung akzeptiert hatte, war er mit voller Absicht kurz angebunden gewesen und hatte so schnell wie möglich den Raum verlassen, als könnte er ihre Nähe nicht ertragen. Aber jetzt, wo er sie berührte und voller Begehren betrachtete, hatten sich die Dinge geändert.

Vielleicht wird ja doch noch alles gut, betete sie hoffnungsvoll und drängte ihren Körper an ihn, legte die Arme um seinen Hals und neigte leicht ihren Kopf.

Seine Lippen waren leicht und warm, und er fuhr mit seiner Zungenspitze vorsichtig über die Form ihres Mundes. Dann teilte er schließlich mit seiner Zunge ihre Lippen, und sie reagierte sofort mit einem leisen Stöhnen.

Sein Kuss wurde immer leidenschaftlicher, und ihre Gedanken schwammen davon. Sie wusste nur, dass sie ihn liebte und dass dieser Moment nie enden dürfte. Auch wenn die Dinge zwischen uns nicht mehr in Ordnung kommen, dachte sie atemlos, habe ich wenigstens diesen einen Moment.

Atemlos genoss sie es, als er mit kräftigen Händen ihre Hüften gegen sich zog und sie sein Verlangen deutlich spürte. Er schob einen Schenkel zwischen ihre Beine, und sie erschrak, als er sie plötzlich losließ und zurücktrat. Seine Brust bewegte sich so schnell, als hätte er die größte Mühe zu atmen.

„Verdammt, du machst mich ganz verrückt!"

„Gérald!" Sie konnte seinen Namen kaum aussprechen, und fühlte sich schrecklich, als hätte man einen Teil von ihr selbst weggerissen, und ihre Augen fühlten sich mit Tränen.

Seine Stimme war rau und leise. „Gilbert kann jeden Augenblick aufwachen. Ich sollte dir gratulieren. Keine andere Frau hat es jemals nur annähernd geschafft, dass ich meinen Sohn vergesse!"

Er drehte sich um, schob das alte Sofa näher zum Feuer und breitete ihre Kleider darauf aus.

Julie kühlte mit den Händen ihre brennenden Wangen. Gilbert, schoss es ihr durch den Kopf. Natürlich! Der Kleine schläft jeden Nachmittag für zwei Stunden, aber nie länger. Und wenn er aufwacht, muss er gewickelt werden und etwas essen und trinken.

Dass sie beide die Möglichkeit vergessen hatten, dass das Baby aufwachen könnte, war ein Zeichen dafür, wie sehr sie voneinander eingenommen waren. Julie fühlte sich schrecklich unbehaglich, obwohl sie noch einen BH trug. Es war einfach diese unerträgliche Spannung zwischen ihnen.

„Gérald?"

Er war wieder zum Fenster gegangen und starrte nach draußen. Der Sturm war vorübergezogen, und der Himmel hellte sich langsam wieder auf.

„Ja?"

Als sie den ungeduldigen Unterton in seiner Stimme bemerkte, biss sie sich auf die Unterlippe. Ich muss doch jetzt irgendwie reinen Tisch machen und vor allem wissen, ob es für uns überhaupt noch eine Chance gibt, meinte sie verzweifelt. Ich werde nicht weinen oder betteln, wenn er mir sagt, dass es einfach keine gibt. Einfach akzeptieren werde ich es und dann versuchen, die ganze Sache so schnell wie möglich zu vergessen.

Sie räusperte sich. „Als wir schon einmal hier waren ...“ Da waren sie auch schon so voneinander eingenommen, dass sie alles vergaßen, außer den Gefühlen, die sie verspürten. „Du hast gesagt ...“ Ist das so schwierig, ermahnte sie sich unglücklich. Und mit seiner abwehrenden Haltung macht er es mir auch nicht gerade leichter. „Du hast gesagt, dass du das Gefühl hast, du hättest dich in mich verliebt“, brachte sie schließlich mühsam heraus. „Hast du das ernst gemeint? War es nicht nur einfach so ein dahingesagter Satz, um eine Frau ins Bett zu bekommen?“

Sie spürte wie ihr der Schweiß ausbrach, als sie seine trockene Antwort hörte. „Normalerweise muss ich so etwas nicht sagen.“

„Das glaube ich sofort.“ Wieso kann er mich nicht wenigstens ansehen - ist das zuviel verlangt? Ungeheure Wut stieg in ihr hoch. Wieso kann er mich nicht aufmunternd anlächeln und mir das Gefühl geben, dass ich mich hier nicht vollkommen lächerlich mache.

„Ich würde mir wünschen, dass du es ernst gemeint hast. Weißt du, ich hatte mich auch in dich verliebt." Sie hielt den Atem an, und er drehte sich in diesem Moment langsam um. Seine Miene war erschreckend nichts sagend.

„Ach ja? Ist das eine Angewohnheit von dir? Dich in verheiratete Männer zu verlieben, mit verheirateten Männern ins Bett zu gehen?"

Seine Verachtung traf sie mitten ins Herz. Julie befeuchtete ihre Lippen mit der Zungenspitze und nahm ihr Oberteil vom Sofa. „Du bist kein verheirateter Mann", entgegnete sie leise.

„Aber du dachtest zu der Zeit, ich wäre einer. Das kommt aufs Gleiche hinaus."

„Ich hätte es nicht weiter kommen lassen." Julie zog sich das klamme Oberteil an und knöpfte es mit tauben Fingern zu. Sie fror am ganzen Körper. Egal, was ich sage, stellte sie müde fest, ich schaufle mir nur mein eigenes Grab. „Es war ein Teil meiner Rache, aber ..."

„Nicht nur niederträchtig, sondern auch noch grausam!" spottete er und fuhr sich hektisch mit seinen Fingern durch die Haare. Dann ging er durch den Raum, um nach Gilbert zu sehen. Das Baby bewegte sich und wachte langsam auf. „Ich glaube, du solltest jetzt besser gehen", sagte Gérald. „Der Wolkenbruch ist vorbei, und es regnet kaum noch. Man hat mir gesagt, dass du dir einen Babysitz vom Hotel geliehen hast. Ich werde ihn nachher zurückbringen, pack ihn einfach in meinen Wagen, ja? Er ist offen."

Er bückte sich, nahm seinen verschlafenen kleinen Sohn auf den Arm und drückte ihn gegen seine breite, nackte Brust.

Und Julie ging hinaus in den milden Sommerregen und ließ ihren Tränen freien Lauf.

12. KAPITEL

Julie sah wieder auf die Uhr, die auf der Kommode stand. Ich werde noch zu spät kommen.

Um halb acht fand ein Abendessen im Haupthaus statt, bei dem Patricia de Rougepeyre offensichtlich eine wichtige Neuigkeit verkünden wollte. Danach sollte es noch eine kleine Feier unter

Familie und Freunden geben, um Catherines und Maurices Verlobung zu feiern.

Julie hatte keine Lust, auch nur bei einem der beiden Anlässe dabeizusein. Es war sechs Wochen her, dass Gérald Baron de Gravelines sie aus seinem Leben gestoßen hatte, und sie fühlte sich immer noch unendlich verletzt. Und ganz bestimmt war sie nicht in der Stimmung für Parties oder eines von Patricia de Rougepeyrs endlosen Abendessen. Aber ihr war einfach keine triftige Entschuldigung eingefallen, als ihre Mutter sie angerufen hatte, um die Einladung zu überbringen.

„Sie haben die Verlobungsfeier verschoben, bis ich wieder gesund war. Ist das nicht süß von ihnen? Und Großmutters Überraschung ist wirklich außergewöhnlich, das kann ich dir versprechen. Aber meine Lippen sind versiegelt. Weißt du, sie hat sich verändert. In letzter Zeit ist sie viel sanfter und zugänglicher geworden. Ich hätte nie gedacht, dass ich den Tag noch einmal erlebe, an dem ich keine Angst mehr vor meiner eigenen Schwiegermutter habe!"

Wenigstens ist das etwas Positives, fand Julie, als sie den langen Weg zum Herrenhaus entlangfuhr. Es war ein riesiger, eindrucksvoller Bau, der in der Abendsonne sehr imposant wirkte.

Sie parkte ihren Wagen hinter Maurices Auto und freute sich innerlich, dass ihre kleine Schwester jemanden gefunden hatte, der sie auf dem Boden der Tatsachen hielt.

Die Haustür stand offen, und in der Eingangshalle brannte Licht. Julie seufzte schwer. Essen um halb acht, dachte sie müde, und jetzt ist es schon acht durch. Sie lief durch die Halle und betrat das große, in kostbarem Palisander eingerichtete Esszimmer.

Ihre Großmutter bemerkte sie zuerst. „Du bist genau sechsunddreißig Minuten und fünfundzwanzig Sekunden zu spät. Was hat dich aufgehalten?"

„Der Verkehr, Großmutter." Und die unbeschreiblich düstere Trägheit, sich zu mehr aufzuraffen, als nur jeden endlosen Tag und jede schlaflose Nacht dahinzuvegetieren, fügte sie in Gedanken hinzu. „Es tut mir leid."

Ihre Mutter und Catherine hatten sich hübsch gemacht, aber Patricia de Rougepeyre übertraf wie immer alle anderen mit der Stärke ihrer Persönlichkeit und ihrer gewaltigen Energie. Nur Maurice, der in einem leichten, hellen Leinenanzug grinsend am

Tisch saß, sah aus, als könnte er es ohne Probleme mit der alten Dame aufnehmen.

„Wir vergeben dir", erwiderte Patricia, bevor sie mit lauter Stimme hinzufügte: „Alles ist kalt. Also bediene dich bitte am Buffet, und nimm dir bloß genug! Du hast abgenommen und siehst schrecklich aus. Deine Kleider hängen nur noch an dir herunter. Höchst unvorteilhaft. Bist du krank? Oder ist diese sackartige Kleidung jetzt en Vogue?"

Julie zuckte die Achseln. Sie wusste, dass ihre Großmutter mit ihrer rüden Art nur ihre Anteilnahme und Besorgnis überspielen wollte. Auf keinen Fall werde ich hier in Tränen zusammenbrechen und in aller Öffentlichkeit zugeben, dass ich schmerzvoll dem einzigen Mann in der Welt hinterher schmachte, den ich jemals lieben kann.

„Ich denke nicht", entgegnete sie schließlich. „Aber ich wusste, dass Maman und Catherine schon wie wahre Prinzessinnen aussehen würden, und ich wollte dich nicht auch noch ausstechen!" Sie lächelte triumphierend ihre Großmutter an und sah, dass ihre Augen vergnügt glitzerten.

„Gut gekontert, junge Dame! Jetzt nimm dir einen Teller! Wenn wir alle mit dem Essen fertig sind, kann ich endlich meine Neuigkeiten verkünden. Und ihr werdet alle angenehm überrascht sein. Ist es nicht so Liliane?"

Als Julie sich dem Teller mit kaltem Braten und Salaten füllte, fiel ihr auf, wie sich ihre Mutter verändert hatte. Sie unterhielt sich angeregt über die bevorstehende Feier, wer eingeladen worden war und was sie zu essen reichen würden.

In der Vergangenheit hatte Patricia de Rougepeyre nichts als Verachtung für ihre *weichliche* Schwiegertochter übrig gehabt, und Liliane hatte sich kaum getraut, in Gegenwart ihrer schrecklichen Schwiegermutter den Mund aufzumachen.

Es war ein Teufelskreis gewesen. Aber zum Glück scheint sich das geändert zu haben, wertete Julie und lächelte über den Tisch Maurice an, als er ihr Wein einschenkte.

„Die Partygäste werden in zwanzig Minuten ankommen, also lasst uns noch einen Kaffee im kleinen Salon trinken!" sagte Patricia schließlich.

„Meine Angestellten werden auch da sein, denn das was ich zusagen habe, betrifft auch sie. Und Baron de Gravelines wartet bestimmt schon. Ich habe auch ihn zum Essen eingeladen, aber er hatte sich höflich entschuldigt und abgelehnt. Er wolle nur kurz etwas mit jemanden, der hier Anwesenden, besprechen."

Alle standen auf, nur Julie hatte das Gefühl, am Stuhl festgeschraubt zu sein. Sie hörte nur noch verschwommene Geräusche und bekam Angst, dass sie jetzt zum ersten Mal in ihrem Leben ohnmächtig werden würde.

„Hoffentlich hat Madame Lasserre schon den Kaffee serviert", sagte Liliane und bemerkte nicht, dass ihre älteste Tochter sich in einem Schockzustand befand. „Wenn nicht, werde ich ihr helfen. Wir haben nicht mehr viel Zeit." Mit diesen Worten folgte sie Catherine und ihrem zukünftigem Schwiegersohn durch die Tür.

„Schließ deinen Mund, Juliette! Trink den Rest von deinem Wein, wenn du Mut fassen willst!" unterbrach Patricia die schwere Stille, goss sich und ihrer Lieblingsenkelin einen Armagnac ein und reichte ihr diesen. Alle anderen waren schon gegangen. „Der macht sehr mutig. Also, trink ihn aus, dann kannst du mich in den kleinen Salon begleiten."

Julie schluckte schwer. „Was macht Baron de Gravelines hier?" Außer mich zu verfolgen und mich daran zu erinnern, was ich haben will, aber nicht haben kann, mutmaßte sie verbittert.

„Neben der Finanzarbeit, ist er für mich auch anderweitig nützlich und zudem ein treuer und langjähriger Freund der Familie, und als ich erwähnte, dass du ebenfalls anwesend bist, hat er gefragt, ob er kommen darf. Er muss mit dir sprechen." Sie zwinkerte vielsagend. „Vielleicht sucht er ein Kindermädchen für seinen kleinen Sohn?" Sie stützte sich schwer auf ihren Stock und neigte ihren Kopf dichter zu Julie hinunter. „Ich weiß alles über diese kleine Eskapade von dir. Oder wenigstens so viel, wie Gérald mir erzählen wollte. Ich vermute, er hat die erschreckenden Einzelheiten weggelassen, da er vielleicht nicht weiß, dass ich durch absolut gar nichts zu schockieren bin. So kommst du jetzt? Oder hast du dich in einen Feigling verwandelt, seit ich dich das letzte Mal gesehen habe?"

Das hat gesessen. Julie trank ihren Wein und anschließend den Armagnac jeweils in einem Zug aus, stand auf und bot ihrer Großmutter den Arm an.

Ich werde mich Gérald stellen und mir anhören, was er zu sagen hat, nahm sie sich fest vor. Niemand soll je einen Grund haben, mich einen Feigling zu nennen!

Und dann werde ich mich von der Party entfernen und nach Hause gehen, um noch einmal von vorn damit anzufangen, ihn aus meinem Kopf und meinem Herzen zu verbannen. Vielleicht ist es beim zweiten Mal schon einfacher, dachte sie zaghaft, glaubte aber selbst nicht daran.

Alle sahen zur Tür, als Julie mit ihrer Großmutter den Raum betrat. Gérald stand an der gegenüberliegenden Terrassentür mit dem Rücken zur Abendsonne, so dass sie seinen Gesichtsausdruck nicht erkennen konnte.

Patricia setzte sich in einen riesigen Sessel, der eher an einen Thron erinnerte, und winkte ab, als man ihr Kaffee anbot. Julie blieb direkt neben der Tür stehen, um so schnell wie möglich unerkannt fliehen zu können. Sie war sich auf unangenehme Art dessen bewusst, dass Gérald sie anstarrte, vermied es aber, in seine Richtung zu blicken.

Wenn er mit mir reden will, dann muss er schon herkommen, nicht andersherum, machte sie sich entschlossen Mut. Ich werde mir doch nicht mit Absicht mein Herz brechen lassen, und in diesem Fall weiß ich nicht einmal, ob ich es aushalten kann.

Ihre Großmutter erzählte, aber Julie konnte nicht verstehen, was sie sagte. Ihr eigenes Herz klopfte so laut, dass es für sie alle anderen Geräusche übertönte.

Und auf einmal durchschnitt Géralds Name das monotone Hämmern ihres Herzschlags. „Gérald de Gravelines Vater hat vor vielen Jahren meinem Mann geholfen, diese Treuhandfonds zu gründen. Und Gérald war freundlich genug, um zuzustimmen, sie nun für mich aufzulösen. Zwei entscheidende Ereignisse waren ausschlaggebend für meine Entscheidung. Catherine wäre fast ertrunken, wenn mein zukünftiger Großschwiegersohn sie nicht zur rechten Zeit aus dem See gezogen hätte, und Liliane wäre bei einem Verkehrsunfall fast getötet oder lebenslang zum Krüppel gemacht worden. Zu diesem Zeitpunkt habe ich begriffen, wie viel mir diese beiden Menschen eigentlich bedeuten. Matriarch zu spielen und zuzusehen, wie die Menschen springen, wenn ich etwas sage, wurde zum ersten Mal in meinem sehr langen Leben unwichtig."

Dann schwiegen Patricia de Rougepeyre und alle anderen auch. Julie merkte, dass Gérald sie noch immer anstarrte. Sie wollte raus, aber sie konnte sich einfach nicht bewegen. Ich muss jetzt durchhalten und warten bis er mit dem herausrückt, was er mir sagen will, befand sie und atmete tief durch.

„So ..." Patricia sah jeden einzelnen von ihnen aufmerksam an. „Das Geld aus den Treuhandfonds wird in gleiche Teile aufgeteilt und Ihr werdet alle eine anständige Ausschüttung erhalten, so dass Ihr nicht mehr auf meinen Tod warten müsst, den der eine oder andere von euch sicherlich schon des Öfteren herbeigesehnt hatte. Ich kann es euch auch nicht verdenken, denn ich weiß selber gut genug wie schwierig ich einstweilen bin. Beatrice und Raymond ..." Sie lächelte ihr treues Dienerehepaar an. „... und du, liebe Monique, ihr werdet alle eine anständige Rente und eine Einmalzahlung erhalten und somit bekommen, was euch zusteht."

Die Angestellten von Patricia de Rougepeyre redeten aufgeregt durcheinander. Julie konnte kaum wahrhaben, dass ihre Großmutter einfach soviel Macht freiwillig aus den Händen gab. Sie hatte die Zügel sonst immer so fest in der Hand gehabt.

Sie muss das alles schon an dem Tag geplant haben, als sie anrief, um von Mamas Unfall zu erzählen.

Zu Catherine, die immer noch geschockt aussah, sagte sie: „Du und Maurice, ihr Müsst mit eurem Anteil tun, was ihr für richtig haltet, Liebes. Aber ich habe aus zuverlässiger Quelle erfahren, dass der Marché de Floral, der Gartenmarkt in Sisteron, bald bei einer Auktion versteigert wird."

Julie schlüpfte aus dem Zimmer. Bei den aufgeregten Diskussionen, die nun entbrannten, konnte sie mit Leichtigkeit unerkannt verschwinden. Eigentlich hatte sie wirklich dort bleiben und hören wollen, was Gérald ihr zu sagen hatte. Aber nun wusste sie, dass sie es nicht ertragen konnte. Nicht an diesem Abend geschweige in diesem Leben!

Also bin ich doch ein Feigling, aber dagegen kann ich jetzt auch nichts mehr machen. Es ist einfach noch nicht lange genug her, dass ich ihm meine Gefühle gestanden habe, ihm gesagt habe, dass ich ihn liebe. Ich kann jetzt nicht noch mehr Schmerzen ertragen, wertete sie traurig.

Tränen strömten über ihr Gesicht, als sie fast blind durch die Eingangshalle stolperte.

„Julie, bleib stehen!" Gérald hielt ihren Arm fest, und sie wirbelte herum. Alles um sie herum war still, abgesehen von ihren hastigen Atemzügen. Aber jeden Moment konnten die

Partygäste eintreffen, und dann würde Julies Fluchtweg versperrt werden.

Sie versuchte sich loszureißen. „Bitte, lass mich gehen! Ich will nach Hause. Wir können uns ein anderes Mal unterhalten", begann sie verzweifelt. „Oder schreib mir einen Brief!"

„Wir unterhalten uns jetzt." Er sah so stark und fesselnd aus, dass sich ihr Herz zusammenzog. „Aber nicht hier." Mit diesen Worten schritt er zur offenen Eingangstür und zog Julie dabei hinter sich her. „Wir gehen. Und bevor du auf dumme Gedanken kommst, gehst du mit mir und rennst nicht vor mir weg!"

Er sah sie an, und sein Blick fiel unwillkürlich auf ihren Mund.

Sie wandte sich schnell ab, bevor er in ihren Augen ihre wahren Gefühle und das Verlangen sehen konnte. Das Verlangen geküsst zu werden. Durch die plötzliche Bewegung rannen ihr die Tränen, die sich in ihren Augen gesammelt hatten, langsam über das Gesicht. Als er das bemerkte, murmelte er rau: „Julie, nicht!" Dann hob er sie in seine Arme und trug sie hinaus zu seinem Auto. Dort setzte er sie auf den Beifahrersitz und schnallte sie vorsichtig an.

Er saß neben ihr, noch bevor sie sich sammeln und aus dem Auto springen konnte.

Dann wandte er sich ihr zu und wischte ihr vorsichtig die Tränen von den Wangen. Seine Berührung lähmte sie, und in diesem Moment hätte sie für immer dort sitzen bleiben können. Es war, als hätte sie keinen eigenen Willen mehr.

Sie wollte ihren Kopf wegdrehen, aber er hatte sich schon selbst angeschnallt und startete den Motor.

„Was machst du da?" Ihre Stimme klang ihr schwach und unsicher in den Ohren.

„Ich bringe dich an einen Ort, wo wir in Ruhe über alles reden können."

Er fuhr schweigend die Straße entlang, und sie fasste ihren ganzen Mut zusammen und sagte: „Bitte, ich weiß, dass du jeden Grund hast, wütend auf mich zu sein. Aber gehst du nicht jetzt ein wenig zu weit?"

So dicht neben ihm in einem Auto zu sitzen machte sie in höchstem Maße unsicher. „Warum hältst du nicht an und sagst mir, was dich beschäftigt? Dann kann ich endlich nach Hause fahren!"

„Ich bin auf dem Weg nach Hause, Liebes. Und du kommst mit mir. Wir haben eine Menge zu besprechen, und Mutter passt in Nizza auf Gilbert auf. Er vermisst dich übrigens. Ich hatte einen Innenarchitekten mit der Einrichtung der Villa Emo beauftragt. Es ist alles vorhanden, ein Bett, ein paar Stühle ..."

„Wenn du denkst, was ich glaube ..."

„Ja, wir werden die Nacht dort verbringen, um uns auszusprechen. Das ist so ungefähr das, was ich denke ..." Er drehte den Kopf und lachte sie an. „Und bevor du dich jetzt dagegen sträubst oder dir irgendwelche Entschuldigungen einfallen lässt, denke erst einmal darüber nach!"

Allein der Gedanke, mit ihm die Nacht zu verbringen, machte sie ganz verrückt. Warum will er das bloß? ging es ihr verzweifelt durch den Kopf. Und er geht sogar so weit, mich buchstäblich zu entführen.

Vielleicht will er auch nur Gesellschaft für diese Nacht haben, und wer wäre da williger als ich? Vorausgesetzt natürlich, ich halte meinen Mund und verliere kein Wort über seine erste Frau.

„Bevor ich dir vorhin aus dem Salon gefolgt bin, habe ich noch kurz mit deiner Großmutter darüber gesprochen. Sie weiß, dass ich dich in die Villa Emo bringe, und sie wird sich sicher keine Sorgen machen. Morgen ist Samstag, und du musst nicht arbeiten, also ist doch alles in Ordnung, das Wochenende gehört uns. Da können wir in Ruhe darüber sprechen, was wir füreinander empfinden."

Und wie soll das gehen? dachte sie verzweifelt. Vielleicht in dem Bett, das er gerade erwähnt hat? Das konnte sie sich bildlich vorstellen.

Willenlos, wie sie in seiner Gewalt war, würde sie sich bestimmt nicht gegen die Versuchung wehren. Und dann hätte sie diese eine Nacht und nichts mehr.

„Wir haben noch einen weiten Weg vor uns", sagte er. Sie wusste nicht, ob er den Heimweg oder ihre Beziehung meinte, aber sie machte sich auch keine weiteren Gedanken, als er gutgelaunt fortfuhr: „Mutter freut sich, dass sie mit Gilbert in Nizza sein kann, während ich die Einrichtung und das Personal für die Villa Emo engagiere. Sie wird noch bis zum Winter in Frankreich bleiben, und dann werde ich auch wieder den Vorsitz der Bank übernehmen. Aber ich habe mich entschieden, hauptsächlich zu Hause zu arbeiten, so dass ich soviel Zeit wie möglich mit Gilbert verbringen kann und natürlich mit seiner jeweiligen stellvertretenden Mutter."

Natürlich meint er Gilberts zukünftiges Kindermädchen, und das werde mit Sicherheit nicht ich sein. Sie hatte wieder einem Kloß im Hals und sagte heiser: „Das klingt alles ziemlich perfekt. Aber ich bin sicher, du hast mich nicht entführt, um mit mir über deine häuslichen Arrangements zu reden."

„Wie recht du doch hast. Und sei mal ehrlich, ich habe dich nicht gekidnappt, Julie. Mein Instinkt sagt mir, dass du bei mir sein willst. Und alles, was du brauchtest, war ein kleiner Anstoß."

Da hat sein Instinkt recht gehabt, entschied sie grimmig und faltete die Hände im Schoß. Warum kann dieser Kerl bloß meine Gedanken lesen?

Ich hätte mich sträuben und ihm sagen müssen, dass ich nirgendwo mit ihm hinfahre, und schon gar nicht für ein Wochenende in die Villa Emo. Wenn ich es nur laut genug gesagt hätte, würde ich jetzt nicht hier sitzen.

Dann fiel ihr wieder ein, wie sie ihm ihre Liebe gestanden hatte. Hoffentlich macht er daraus nicht gleich so eine große Sache!

„Jetzt weiß ich, worum es eigentlich geht. Bestrafung!" sagte sie miesepetrig. „Bring es doch endlich hinter dich! Ich weiß doch genau, dass ich es auch verdiene. Aber mir wäre wichtig, dass du die Agentur daraushältst. Dass ich mich selbst als kompetentes, perfekt ausgebildetes Kindermädchen ausgegeben habe, war vollkommen unprofessionell, und dafür entschuldige ich mich in aller Form."

Jetzt lachte er laut heraus. „Du findest mich amüsant?" fragte sie eisig.

Er sah sie fröhlich an. „Amüsant, aufreizend, sexy, unwiderstehlich. Und ich habe auch nicht vor, dich zu bestrafen. Der einzige Schaden, den ich deiner Agentur höchstwahrscheinlich zufügen werde, ist, sie deiner Anwesenheit zu berauben. Wenn *ich* den Hauptteil meiner Arbeit zu Hause machen kann, dann kannst du es auch."

Julie starrte ihn fassungslos an. Er sah ganz normal aus, nicht wie jemand, der plötzlich den Verstand verloren hatte.

Also muss ich es sein! dachte sie. Ich bin wahrscheinlich emotional so verwirrt, dass ich mich in meine Wunschgedanken hineinsteigere.

Andererseits gab es nur eine Erklärung für sein merkwürdiges Verhalten, die vollkommen unwahrscheinlich war und eigentlich gar nicht in Frage kam. Aber für alle Fälle stellte sie trotzdem die Frage. „Soll das etwa heißen, dass du mich weiterhin als Gilberts Kindermädchen beschäftigen willst?"

„Mit Sicherheit nicht! Den Stress könnte ich nicht noch einmal ertragen! Du hast doch einmal gesagt, dass die Villa Emo ein perfekter Ort ist. Da lagst du falsch. Aber du könntest es zu einem perfekten Ort machen, wenn du sie mit uns teilst. Wenn du mit uns da bist als Gilberts Mutter, als meine Frau und als Mutter unserer gemeinsamen Kinder, wenn du welche haben willst."

Julie blieb die Luft weg. Ich muss träumen, meinte sie fassungslos. Draußen war es inzwischen stockdunkel geworden.

„Julie! Sag irgendwas!" Seine Stimme klang jetzt sehr rau.

„Verdammt noch mal! Das ist unmöglich!" Frustriert schlug er mit einer Hand aufs Lenkrad. „Ich habe nicht vorgehabt, dir einen Antrag zu machen, wenn ich mich noch auf die Straße konzentrieren muss! Du hast es aus mir herausgepresst! Im Haus ist Champagner im Kühlschrank und ein Bett ..."

„Machst du mir einen Heiratsantrag, Gérald?" Sie streckte vorsichtig eine Hand aus, legte sie auf Géralds Oberschenkel und spürte durch den Stoff seiner Hose seine festen Muskeln und die Hitze seines Körpers.

„Lass das!" murmelte er heiser und schob ihre Hand fort.

„Was?" Sie legte die Hand auf sein Knie. Er fühlt sich wirklich echt an, dachte sie.

„Mich anzufassen", knirschte er. „Wir sind in zwei Minuten da, und auf dem Weg gibt es keine Möglichkeit mehr zu halten. Und selbst wenn, möchte ich nicht auf einem Parkplatz im Auto mit dir schlafen. Aber wenn du mich weiter anfasst, werde ich es tun."

Wie könnte ich ihm das glauben? Andererseits wie könnte ich das *nicht* glauben und mir selbst damit meinen größten Wunsch verderben?

Sie faltete die Hände wieder im Schoß. Er tut so, als würde etwas Katastrophales passieren, wenn ich ihn noch einmal anfasse. Vielleicht hat er sogar Recht. Denn in diesem Moment spürte sie selbst, wie süßes, heißes Verlangen in ihr wuchs.

„Aber du magst mich doch gar nicht." Sie war genauso verwirrt wie er. „Du hast mich hinausgeworfen."

„Na und?" Er klang, als würde er den ganzen Tag nichts anderes tun, als Frauen aus dem Haus zu werfen. „Du hast mich eben wütend gemacht und mich verletzt. Außerdem konnte ich dir nicht widerstehen, und ich wollte mein Glück nicht von einer Frau abhängig machen, die mit einem verheirateten Mann schlafen würde, um sich für etwas zu rächen, das er nicht getan hat."

„Ich habe doch versucht, dir das alles zu erklären, und außerdem habe ich mich entschuldigt. Und bevor wir das erste Mal zur Villa Emo gefahren sind, hatte ich mich schon entschieden, meine Rachepläne gar nicht mehr durchzuführen. Das hatte ich dir gerade sagen wollen, als ..."

Sie fuhr sich nervös durch die Haare. Das wird ja immer verrückter. Warum sollte er auch einer Frau einen Heiratsantrag machen, die er gar nicht mag? „Aber du hast mich berührt, geküsst, und dann sind die Dinge einfach außer Kontrolle geraten. Ich habe dann über nichts mehr nachgedacht ... außer dem Gefühl, in deinen Armen zu liegen ..."

„Hab' ich es doch gewusst!" Er berührte kurz ihre Hand. „Nachdem du gegangen warst, habe ich tagelang darüber nachgedacht. Über uns. Zum Schluss habe ich mich selbst gehasst und mir die Schuld dafür gegeben, dass du das Schlechteste von mir gedacht hast, ohne die Wahrheit herauszufinden. Ich habe mit dir genau das Gleiche gemacht. Natürlich wolltest du mir heimzahlen, was ich deiner Schwester angetan haben sollte. Und natürlich hast du ihre Geschichte geglaubt. Warum auch nicht? Du hast fast dein ganzes Leben lang hinter ihr gestanden und sie geliebt, und mich kanntest du kaum. Und als ich darüber nachgedacht habe, wusste ich, dass du nicht die Frau bist, für die ich dich anfangs hielt."

„Ich weiß nicht, ob ich dich verstehe." Ihr Mund war so trocken, dass sie kaum sprechen konnte. „Du hast mich gefeuert ..."

„Ich habe dich gefeuert, weil du mir wehgetan hast. Verliebt hatte ich mich in dich, und als ich es dir gesagt habe, hast du mich völlig aus der Fassung gebracht, indem du mich für einen verheirateten Mann gehalten hast."

Sie schloss die Augen und atmete langsam tief durch, um ihre Gedanken zu ordnen. „Du hast mich abgewiesen und mir gesagt, dass deine Frau tot ist. Und dann hast du mich hinausgeworfen, und ich glaubte, du würdest immer noch um sie trauern, weil du sie so sehr geliebt hast, dass schon ihr Name schlechte Erinnerungen in dir hervorruft. Aber das war es gar nicht, oder? Bitte sag mir, dass es nicht so ist! Ich liebe dich, Gérald, und ich möchte deine Frau werden. Aber ich möchte nicht die zweite Wahl sein und ständig aufpassen müssen, dass ich ihren Namen nicht erwähne, und dann noch immer ihre in Gold gerahmten Photos in jedem Raum sehen."

Sie waren jetzt in der Villa Emo angekommen, und Gérald schaltete den Motor aus und wandte sich ihr zu. Sein Blick war zärtlich, und er nahm ihr Gesicht in beide Hände.

„Ich liebe dich, Julie. Mehr, als ich jemals irgendjemanden oder irgendetwas geliebt habe. Und ich habe Maximas Photos überall herumstehen, damit Gilbert weiß, wie schön seine Mutter aussieht. Er soll sie erkennen können. „Er streichelte mit dem Daumen ihre Wangen und ihre Lippen.

„Ich habe Maxima di Stefano geheiratet, weil sie in ganz großen Schwierigkeiten war. Es ist eine sehr lange, und komplizierte Geschichte, Liebes, und ich werde versuchen, sie kurz wiederzugeben. Denn hier zu sitzen und über meine erste Frau zu reden ist nicht das, was ich im Moment gern tun würde. Also, nachdem mein Vater sich aus dem Berufsleben zurückgezogen hatte, zogen er und Mutter nach Spanien. Maximas Mutter war täglich zum Kochen und Putzen bei ihnen. Als ich Maxima zum ersten Mal gesehen habe, war ich Anfang zwanzig, und sie zwölf. Ich war ein paar Mal im Jahr dort und habe Maxima gut kennen gelernt. Sie war eine entschlossenes junges Fräulein, die etwas aus ihrem Leben machen wollte. Sie wollte nie so bescheiden leben, wie ihre Eltern es taten. Ich habe ihren Geist bewundert. Sie war ungefähr sechzehn, als mein Vater starb und Mutter das Haus verkaufte, um wieder auf Mauritius zu leben. Ein paar Jahre habe ich dann nicht viel von ihr gehört. Hatte sie höchstens zwei Mal pro Jahr gesehen, und ihr etwas Geld für ihre Gesangsausbildung gegeben. Für mich war Maxima wie die kleine Schwester, die ich nie gehabt habe. Erst zu dem Zeitpunkt, als das Fiasko mit Catherine passiert ist, hörte ich wieder von ihr. Ich war auf einer Geschäftsreise in Barcelona und bin buchstäblich auf der Straße in sie hineingelaufen. Sie sah grauenvoll aus, war schwanger und sehr krank. Bei einem Mittagessen hat sie mir dann die ganze traurige Geschichte erzählt. Ein paar Monate nach Vaters Tod war sie von zu Hause fortgelaufen und hat ihr Geld mit Singen in Bars verdient. Nebenbei studierte sie. Dann bekam sie ein festes Engagement in einem Orchester, und die Dinge begannen sich für sie zum Guten zu wenden. Sie hatte sogar für ein paar Jahre großen Erfolg, brachte mehrere Tonträger heraus, die weltweit die Hitlisten stürmten. Aber ihre Eltern hatten nicht mehr gelebt um an ihrem Ruhm teilzuhaben. Und dieser Erfolg dauerte auch nicht ewig, weil sie schwanger wurde und innerhalb von wenigen Tagen zwei harte Schicksalsschläge ertragen musste. Ihr Freund starb an einer rätselhaften Viruskrankheit, mit der er sie ebenfalls infiziert hatte. Und dies war im wahrsten Sinne des Wortes tödlich. Ihre schwere Krankheit befand sich im Endstadium. Sie schaffte es zwar Gilbert gesund auszutragen, aber man hat ihr prognostiziert, das sie ein paar Tage nach der Geburt sterben würde. Also war sie allein, schwanger, und sie wusste, dass sie sterben würde."

„Also hast du sie geheiratet." Das braucht er mir gar nicht mehr zu sagen, empfand sie gerührt. Das ist bestimmt die natürlichste Lösung für ihn gewesen.

„Es war zu dem Zeitpunkt die einfachste Lösung aller Probleme. Wir haben alles getan, damit sie auf den Hochzeitsphotos phantastisch aussah. Sie hat sich aus dem schillernden Starleben zurückgezogen, als sie noch unter den Top 10 war. Und sie konnte den Gedanken nicht ertragen, dass man ihre furchtbare

Geschichte glauben könnte. Ich habe ihre Schwangerschaft verkünden lassen und dass sie sich für immer aus der Musikbranche zurückziehen werde. Dann haben wir bei Mutter gelebt, und sie hatte wenigstens die letzten Monate ihres Lebens so ruhig und stabil verbracht, wie es unter den gegebenen Umständen möglich war. Und das Wichtigste: Sie schlief mit einem Lächeln auf den Lippen friedlich ein."

Julie war zu traurig, um zu sprechen. Aber schließlich brachte sie heraus: „Das ist so traurig. Ich glaube, ich muss weinen."

„Tue das nicht." Er streichelte wieder zärtlich ihre Wange.

„Das letzte, was Maxima gewollt hätte, ist, dass jemand ihretwegen weint. Sie war stets eine fröhliche und lebenslustige Person. Wir haben oft über die Zukunft geredet und was sie sich für Gilbert wünschte. Und ihr größter Wunsch war, dass ich wieder heirate, damit Gilbert nicht nur einen Vater, sondern auch eine Mutter hat. *Und das nächste Mal gehe sicher, das du aus Liebe heiratest!* Hat sie immer gesagt. Sie hat Gilbert einen langen Brief geschrieben, den ich ihm an seinem achtzehnten Lebensjahr überreichen werde. Das Geld aus ihren Platten wird für ihn angelegt, so dass er eine lebenslange, monatliche „Rente" erhält. Also sei nicht traurig, mein innigstgeliebter Schatz."

Dieser Mann ist durch und durch ein Held, schoss es Julie durch den Kopf. Sie legte ihre Arme um seinen Hals und küsste ihn zärtlich.

„Heißt das, du bist doch glücklich, die zweite Baronesse de Gravelines zu sein?" fragte Gérald einige lange Minuten später, als er wieder zu Atem kam.

„Mehr als glücklich. Begeistert. O Gérald", rief sie strahlend. „Küss mich noch einmal! Fang nichts an, was du nicht auch beenden willst!"

„Ich habe durchaus vor, eine Lösung zu finden, die allen Teilen gerecht wird." Er löste sich sanft aus ihrer Umarmung, stieg aus und nahm sie dann auf der anderen Seite des Autos in die Arme. „Aber nicht hier draußen. Warum habe ich denn den Champagner und das Bett vorbereitet?"

Er trug sie zur Tür ihres zukünftigen Zuhauses und küsste sie bei jedem Schritt. Julie hörte seinen Herzschlag dicht neben ihrem Ohr, und sie wusste, dass dieses Gefühl von Glück und Liebe niemals enden würde.

EPILOG

„Baronesse de Gravelines, hat Ihnen schon einmal jemand gesagt, wie umwerfend sie sind?"

Gérald saß auf ihrer Bettkante, und sein Blick war vor Liebe wie verschleiert.

„In den letzten zwei Minuten noch nicht", antwortete Julie lächelnd und lehnte sich erschöpft zurück in die weißen Kissen. Ihren inzwischen vier Stunden alten Sohn hielt sie liebevoll im Arm.

„Dagegen muss ich sofort etwas tun", sagte er und nahm ihre Hand, um sie zärtlich zu küssen.

Er liebte seine Frau über alles, und gerade hatte sie ihm auch noch einen wunderschönen Sohn geschenkt. Er hätte die ganze Welt umarmen können.

In dem großen Schlafzimmer in der Villa Emo war es jetzt leerer geworden. Und endlich hatten sie das Zimmer einen Moment lang für sich allein. Gérald hatte die Hebamme gerade hinuntergeschickt, um Gilbert und seine Mutter, die vor zehn Tagen aus Mauritius gekommen war, um bei der Geburt ihres Enkels dabeizusein, Bescheid zu sagen, dass sie nach oben kommen sollten. Er hatte bei dem Gedanken an eine Hausgeburt kein gutes Gefühl gehabt, aber alles war glatt verlaufen, und er war darüber unendlich froh. Julie hatte in diesem Punkt Recht gehabt, genauso wie sie damit Recht hatte, dass Yvette ihren Platz in der Agentur einnehmen sollte. Sie wollte sich nicht mehr aktiv um die Probleme anderer Familien kümmern. Ihre einzige Leidenschaft war es, sich voll und ganz auf ihre eigene zu konzentrieren. Und das machte sie phantastisch mit einer liebevollen Hingabe, die von Herzen kam.

„Glaubst du nicht, dass Gilbert vielleicht eifersüchtig auf seinen kleineren Bruder wird?" fragte Julie besorgt und nahm seine Hand. „Das wäre schrecklich."

„Natürlich wird er das nicht sein", versicherte ihr Gérald beruhigend und hörte schon das Geräusch kindlicher Schritte, als sein Sohn den marmornen Flur vor dem Zimmer entlanglief. Sein begeistertes Geplapper wurde kaum leiser, als Géralds Mutter zu ihm sagte: „Versuche, etwas ruhiger zu sein, Gilbert!"

„Unser Sohn ist sich unserer Liebe viel zu sicher, und er kennt seine Position in unserem Leben ganz genau. Er würde niemals auf irgendjemand oder irgendetwas eifersüchtig sein."

Julie hoffte zutiefst, dass er Recht hatte. Doch eigentlich dachte sie genau das gleiche.

Egal, wie viele Kinder ich später haben werde und wie sehr ich sie alle lieben werde, Gilbert wird immer einen besonderen Platz in meinem Herzen haben.

Sie hielt die Luft an, als der kleine, lebhafte Junge energisch die Tür aufstieß und mit eiligen Schritten zum Bett lief.

Mit zweieinhalb Jahren war Gilbert de Gravelines schon ein selbstbewusster junger Mann geworden. Seine Großmutter hatte ihm einen blauen Matrosenanzug angezogen und seine dunklen Locken hübsch gekämmt. Aber Gilbert zog immer noch den zerzausten, alten Stoffbär hinter sich her.

Hélène hielt abwehrend die Hände in die Luft. „Er wollte dieses alte Ding unbedingt mitnehmen! Ich konnte ihn gar nicht davon abbringen."

Dann stellte er sich an das Fußende des Bettes und betrachtete lächelnd seine junge Familie, die sich vor seinen Augen versammelt.

Gérald drückte Julies Hand und fragte seinen kleinen Gilbert. „Na, wie findest du dein kleines Brüderchen? Sein Name ist Alexandre. Komm, ich stell dich mal vor!"

Gilbert sagte nichts, sondern kletterte auf das Bett und setzte sich zwischen seine Eltern. Er starrte den Säugling neugierig an, dann gab er ihm laut schmatzend einen Kuss und legte den zerknautschten Stoffbären neben sein Brüderchen. „Der Bruder kann Filou in seinem Bett schlafen haben. Filou macht ihm das gemütlich."

„Dankeschön, mein Schatz", sagte Julie mit zitternder Stimme, die ihre innere Bewegung verriet. „Das ist sehr lieb von dir."

Und Gérald nahm die drei wichtigsten Menschen in seinem Leben in die Arme und hielt sie einen Moment lang ganz fest. Er war sich in diesem Augenblick sicher, dass keine Familie auf der ganzen Welt soviel Liebe besaß wie seine eigene. Und so sollte es auch für immer bleiben.

- ENDE -

Zeitfracht Medien GmbH
Ferdinand-Jühlke-Straße 7
99095 Erfurt, Deutschland
produktsicherheit@kolibri360.de